U0897172

岭南掐花

花城记

黄爱东西 著

SPM 南方传媒 | 花城出版社
中国·广州

图书在版编目（CIP）数据

花城记. 岭南掐花 / 黄爱东西著. -- 广州 : 花城出版社, 2025. 5. -- ISBN 978-7-5749-0384-5

Ⅰ. I267

中国国家版本馆CIP数据核字第2025PY9954号

花城记：岭南掐花

HUACHENG JI：LINGNAN QIA HUA

黄爱东西／著

出版人　张　懿
责任编辑　周思仪　肖玉泉　苏葳葳
责任校对　汤　迪
技术编辑　凌春梅
封面设计　杨丹薇
出版发行　花城出版社
经　　销　全国新华书店
印　　刷　佛山市浩文彩色印刷有限公司
开　　本　787 毫米×1092 毫米　32 开
印　　张　6. 125
字　　数　94, 000 字
版　　次　2025 年 5 月第 1 版　2025 年 5 月第 1 次印刷
定　　价　45. 00 元

联系电话：020-37604658　37602954

时间做骨，枝叶是形

待它们枝伸叶展，开出花来

目录

辑一

辑二

辑三

辑四

辑一

木芙蓉　桂花　牵牛花

刺桐　木棉　羊蹄甲　人面果

花蕊夫人在岭南

岭南有一年冬天暖和，农历腊月初一才降温，一夜之间，广东人民从穿着单衣直冒汗变得可以穿羽绒。

门外种的几株木芙蓉又开花了。

木芙蓉，在岭南名头不算大。我以小人之心揣测，估计缘由有两则：一是没有名句和传奇背书，二是在此地太容易种。

据说自唐代始，湖南湘江一带广种木芙蓉；唐末诗人谭用之，来了句“秋风万里芙蓉国”，由此那一片雅称“芙蓉国”。

成都称“芙蓉城”，市花就是木芙蓉。这个名气最大，有王室香艳故事背书，故事曲折奇情，放在今天也能拍个几十集连续剧。

“芙蓉花神”的封号，封给了花蕊夫人。

五代后蜀君主孟昶有个宠妃：“拜贵妃，别号花蕊夫人。意花不足拟其色，似花蕊之翾轻也。”

换到乡村武侠风来解释，那意思大概就是江湖人称“比花娇”。

这位花蕊夫人爱牡丹和木芙蓉。那不叫个事情啊，孟昶一声令下，绿化工程轰轰烈烈搞起来：“城头尽种芙蓉，秋间盛开，蔚若锦绣。帝语群臣曰：‘自古以蜀为锦城，今日观之，真锦城也。’”

当然，“锦城”代指成都的“锦”，指的是蜀锦，诸葛亮留下过名句：“决敌之资，惟仰锦耳！”意思是大力发展蜀锦产业和贸易，打仗的军备银两，可就指望这个了。

话说孟昶和他的这位花蕊夫人，花好月圆之时过得极其快活，还当场写过首艳词，让文豪苏东坡念念不忘，必有回响。为此，苏东坡在四十七岁时，来了首《洞仙歌》，歌前还郑重抒发了耿耿于怀的自白如下：

仆七岁时，见眉山老尼，姓朱，忘其名，年九十余。自言："尝随其师入蜀主孟昶宫中。一日大热，蜀主与花蕊夫人夜起，避暑摩诃池上，作一词。"朱具能记之。今四十年，朱已死，人无知此词者，独记其首两句。暇日寻味，岂《洞仙歌令》乎？乃为足之耳。

有时候情怀这事，还真是未必适宜大规模发表。

苏大师这段话，在今天读起来，是这样的：我七岁的时候，见过眉山老尼，姓朱，名字忘了，九十多岁。她自己说曾经跟她师傅去过蜀主孟昶的宫里。一天，天气大热，蜀主和花蕊夫人夜里起来了，去摩诃池上纳凉，写过一首词。她都能详细记得。现在四十年过去了，老尼姑已经死了，没人知道这词了，我还记得起开头两句。得空时琢磨回味，这不就是《洞仙歌令》的节奏么，于是就补足它吧。

音乐声渐起，七岁时听到的艳词残本，在四十年后，苏大师自己动手创作了个足版：

冰肌玉骨，自清凉无汗。水殿风来暗香满。绣帘开、一点明月窥人，人未寝，攲枕钗横鬓乱。

起来携素手，庭户无声，时见疏星渡河汉。试问夜如何？夜已三更，金波淡、玉绳低转。但屈指、西风几时来，又不道流年暗中偷换。

天啊！花蕊夫人是苏大师的警幻仙子和女神。

来到搜索引擎年代，很想留言给苏大师，他惦记的那首孟昶原作，题为《木兰花》：

冰肌玉骨清无汗，水殿风来暗香满。绣帘一点月窥人，攲枕钗横云鬓乱。

起来琼户启无声，时见疏星渡河汉。屈指西风几时来，只恐流年暗中换。

当然，有后人考证说这是宋人檃括东坡词而成的，这谁啊真不厚道。

另外，苏大师抄录整理的花蕊夫人《宫词》，也有人考据说，不是这位花蕊夫人所作。

孟昶降宋之后，他这位花蕊夫人有首掷地有声的名作《口占答宋太祖述亡国诗》：“君王城上竖降旗，妾在深宫那得知？十四万人齐解甲，更无一个是男儿。”

凭这首，当得木芙蓉花神了。

有故事里说，当时的晋王，也就是宋太祖赵匡胤的弟弟赵光义，后来的宋太宗，怕他哥迷恋花蕊夫人误事，把她杀了，但又有人考据出：被杀的是另一位花蕊夫人，南唐后主李煜的妃子，并不是孟昶的这位。

史上花蕊夫人好几位，似乎封这个名号的，美兼有才，就是结局戛然而止。怪不得民间起名，都乐意起“狗剩”之类。

说回岭南的木芙蓉。

明代文震亨撰写的《长物志》里对栽种木芙蓉相当郑重其事：“宜植池岸，临水为佳。”估计因为这一说，有了美不胜收的“照水芙蓉”。

可这事到了岭南就乱成一团。

木芙蓉在岭南，简直可以随便胡种，剪下旁枝往土里沙里一插，过一阵子就长叶子了。

我买过木芙蓉的小苗，其中一株放在门外，有一天却发现被人踩成了两截。

当时断出来的一截我没舍得扔，就找个盆，装了泥插着；带根那截仍留着土里——也就都活了，一株变两株。

此地天气，种下木芙蓉基本不用管，一阵晴一阵雨，有说立冬之后就开完，结果今年一路开到了腊月，明显是打算跨年。

木芙蓉有种重瓣的出名，叫“醉酒芙蓉”，早晨看老大一朵白花，中午变粉色，晚上深粉色，第二天就合起来，开完了。因此也叫“三变芙蓉”。

可还是“醉酒芙蓉”好听，下午就已经开喝，微醺，听着就颓。

木芙蓉有单瓣的，真没重瓣的好看，但花开到最后，比重瓣的色泽要红得更深。

还有一种重瓣的，不会变色，就是一路的粉红色。其他园艺品种，还有“鸳鸯芙蓉”之类。

木芙蓉一天半左右就谢，没什么人用来做切花。不过今年，每开一朵我就剪下来插到灌满水的花瓶里，一两天一换。足足半年过去，因了它们又健康又老实，认真穿了粉红褂子喜气洋洋地坐那儿，没意见、没脾气的样子，我管它们叫地主家的傻闺女。

要跨年了，我想起在山里看到一位邻居热烈地在他家门前屋后广种木芙蓉，堆土拦坝修水池，总之，大动干戈。

最后，他家在偌大的水池上弄了块巨石做匾，上面雕了四个大字："出水芙蓉"。

犹豫了很久，至今没想好要不要去告诉他，出水芙蓉指的不是木芙蓉，是荷花。

很爱那句"屈指西风几时来，只恐流年暗中换"。

又一年。

桂花落

洋紫荆的花有淡粉香，像人工香精做的肥皂跑了味那种。

多尴尬啊，像努力一场之后的结果是不着四六。

一树又一树，在这古怪冬天近30℃的中午里，十三不靠地花红柳绿着。

岭南实在是四季大兜乱的地方。

假连翘和野牡丹也长得好，蔷薇就不行，见不到处处开。

蔷薇在岭南，枝叶可以长得非常茂盛，就是死活不爱开花。若想在岭南让蔷薇开花，专家曾一本正经地建议：在它们的根部多覆盖枯草枯叶，天气太热时要在根部灌水降温……也不一定能开。

专家很像是在逗我们。

栀子花什么的，按说花盛期是在潮热高温的夏天，可是在春节花市，会卖在温室里种的，花苞密集。种在室外的那些，也会开个一朵两朵。

牵牛花属于撒了种子就胡长那种，很野，不过人家有个日本名字叫作“朝颜”。一堆朝颜爱好者孜孜培育了很多品种，跟弄纯种猫似的；花色奇特的朝颜种子也挺贵，还不知道会不会品种退化。

至于为啥叫作朝颜，应该是说牵牛花朝开午合。叫“夕颜”的其实是角落的一种白花，一说是葫芦花的别称，黄昏开花、天亮开完。丝瓜花也这样，夜里开的花大多有香气。

广州气候太潮热，在阳台上种过矮牵牛，它和牵牛花是两码事，又叫碧冬茄，茄科的。颜色很多，经晒，也不怕剪。

订来种子种下去，等它们发芽长大开花，觉得单瓣的清妖，重瓣的难看，开起来糟乱邋遢样，像团小抹布。再后来，发现想让它们挨过这里的夏天，也还是要稍费心思。

有同学自己种过秋葵，晒干略烤之后有种森然的香气，类似沁人虚无的抹茶香，但秋葵干的香高浓很多。如果烤得很干的话，八斤新鲜秋葵晒干，就剩得个一斤不到的样子。

如此这般，胡乱种些花，任它们开劈了；随便煮点啥，把自己吃顶了。

日出至晌午，风吹桂花香，晚上更香。

开花要早晚温差十度，因此广东的桂花是十一二月才开。

这边普遍爱种四季桂，说是气候原因，金桂、红桂、银桂都不一定年年开。到了广西，似乎又更偏爱结子桂。

远远似听到有人说："人闲桂花落，夜静春山空。"

还说："无因细算花年纪，今日分明又一年。"

就这样慢慢种下去吧。盆里地上，随手种下相见欢的花草和树木，一株又一株。

时间做骨，枝叶是形。

待它们枝伸叶展，开出花来。

将过年

将过年，我会买花应节，免得亲友假期来玩时，家里太素。

壮哉大广州之芳村花卉批发市场！这里每大捧花十元八块一盆。是的，一盆，连根。还有一块九的花苗。三几百块能装满一车。

这算得上是“使劲花、随便花”之一种。

在堆山积海的人潮花海中被裹挟着，看别人过年。

广州卖花分两种，连根和不连根。

不连根的是切花，养得肥壮的大丽花、绣球菊、鸡冠花、粉百合，回家插瓶。

连根卖的通常连盆，但如果你家里有更好的花盆，不要盆拔一兜拿走也行。

连盆卖的是金橘、四季橘和蝴蝶兰、跳舞兰之类。

桃花也可以连根卖，如果你打算在花园里来一株应景。

粤人过年很重视桃花，据说桃花运除了有助男女找对象和结婚，还可以提升人缘，此地原本就是商埠，所以过起年来家家必备，和气生财。

有人家是每年订巨大一株桃花王的——和花农说好，预先买下他田里最大最旺的一株。

粤地花农卖桃花，年年都是两句咒：这棵好靓！花苞一路上枝头，包保开到正月十五！

因为桃花要在家里摆到正月十五，待至正月十六时，全城环卫工人都在收拾弃出来的桃枝，那也是个奇景。

过年前几天全城各区都设花市，路上的车纷纷掀着后盖行李厢，里面塞满年橘、盆花、桃花。

卖花瓶的老板正在开天撒价：我这花瓶有来历要卖三千八！三百你卖不卖？四百你拿走！

我住郊区，去年这时候趁墟（赶集）返家路上见一车桃花，放声问卖不卖？卖啊，车上两口子刚从花田里起了桃花，要去花市做生意。又去同他们商量，买两株最大的，顺便就跟我们车运过去。正讨价还价，忽然瞪着老板：啊哈，前两年的花就是跟你买的，咦？去年也是和你买的。遂领着桃花车一路摇晃回家。

节庆时候特别适合听一阵广东音乐和古早流行曲，也只在这时候合适听。安适富足喜气洋洋地，人人家里囤足了柴米油盐、绫罗绸缎，偏安岭南财不露帛，低调惯了，像约好了某天一起舒口气，锣鼓丝竹齐鸣，小范围地细碎欢欣起来。

这种时候广东民乐合奏出来的《彩云追月》，华美流丽得宝光潋滟。

《步步高》既暖又欢欣，踮脚尖迈着小碎步，一蹿一蹿上楼梯。

《雨打芭蕉》湿漉漉地滋润，《旱天雷》下的是痛快雨。都是夏天时候吧，冬天湿冷才没那么欢快。

《娱乐升平》听起来真个是小富则安，全村过年，娃乱跑，爷捋须的劲头。

粤曲里的西皮慢板，就这么奏，没人唱也是一通讲理叙事节奏，还自带群众应和，你以为讲完了，结果人转个弯又开讲。

《八仙贺寿》很齐整，就是有点“村民在村口大榕树下集体论定皇帝肯定餐餐吃白切鸡”的感觉。

广东音乐里也有《将军令》，硬朗得不能相信那是丝竹所奏，酝酿起势而来，勇悍而倔。

名曲里也不全是细碎的小户人家幸福咏叹，有些曲子阔大堂皇起来也很是舒展爽朗。

《槟城艳》堪称粤港著名流行旧曲鼻祖之一，1954年的曲子，伦巴的节奏，有同名电影，首唱是粤曲名伶芳艳芬。词曲作者王粤生，港地音乐奇才。

后来再翻录的有邓丽君和梅艳芳。邓的版本软糯，梅的版本狂野。

少年时听过，这曲子在西洋乐器“合谋”下，会长风浩荡地阔大郑重，如从前乡绅大户祭祖般，却常常是从前歌厅乐队演出开始时的暖场曲目，似在教导花国软红十丈的狎昵也须踱着四方步开始才得堂皇，不能猴急。

饱含着水气，此地水仙能开到森然，大丽花浓稠硕大。丰饶腴丽下总归是蛮强生机的底子，或者欲望。

听得让人讶异。真是相当地理直气壮，还带着怂恿。

前两年，遇过一只顾盼自若而妖娆，立志做宠物的芦花鸡：相当漂亮的黑白花，同学春节前买来，伊四次啄开系它的绳子，也不跑远，遂劝留下一命。后来它常常或卧或立在院子栏杆上，等人剥瓜子喂它吃。

鸡年将至，忽然想起了那只奇鸡。

隔篱和朝、夕颜

粤语把邻居、旁边均叫作“隔篱”。

这至今都是土著们的口头常用词，因为是口语，写起来全是随手乱写。

很惭愧，我要到住村屋时才恍然大悟，这词书面应该写成“隔篱”，篱笆的篱，有古意。

字写对了，才发现隔篱这词的来路很厉害。

杜甫的《客至》：“肯与邻翁相对饮，隔篱呼取尽余杯。”

苏轼的《浣溪沙》：“麻叶层层苘叶光，谁家煮茧一村香。隔篱娇语络丝娘。”

真是失敬失敬。

粤谚里有一句，叫作“隔篱饭菜香”。意思是邻家的饭菜闻着香，可能吃着也特别好，和自家饭菜比起来，换个口味自然觉得新鲜。所以主妇们谦虚起来都用这句。

住村屋，和邻家隔着道栏杆，通常要再种点什么隔一下。最好能迅速长得蓬勃，耐修剪，还开花。

趁墟时一堆阿婶在卖金银花苗，让种这个：“可以吃！开花还很香！”

我拧巴，不爱种吃的，觉得从播种开始一路到开花，就酝酿一嘴的哈喇子准备吃人家，有点饕餮相。

网上订了点牵牛花种子种下去。学植物的同学警告我：“牵牛花很野，你想清楚了。”

名字好听啊，叫作“朝颜”。学古代文学的女友说，这花朝开午合，中午就开完了。

才没有，它们在岭南开到了傍晚。

牵牛花层开不穷，迅速爬到了它们附近的竹子和桂花上，有一统江山的气势。

后来我把它们都拔掉了。

还有一种叫“夕颜”，说是黄昏开花，凌晨就谢，又叫“夜颜”。

在《源氏物语》里，有位美人叫作夕颜，真名都不知道，只是男人把她叫作这个花名。

是个煞有介事、形式感十足的寻芳勾引故事：

> 草中开着许多白花，孤芳自赏地露出笑颜。源氏公子独自吟道：“花不知名分外娇！”
>
> 随从禀告：“这里开着的白花，名叫夕颜。这花的名字像人的名字。这种花都是开在这些肮脏的墙根的。”

源氏公子命随从摘一朵花过来，就在这时：

> 不意里面一扇雅致的拉门里走出一个身穿黄色生绢长裙的女童来，向随从招手。她手里拿着一把香气扑鼻的白纸扇，说道：“请放在这上面献上去吧。因为这花的枝条很软弱，不好用手拿的。”

晚上，男子发现那把扇子上写着一首和歌：“夕颜凝露容光艳，料是伊人驻马来”，男子也作了一首和歌作为答歌：“苍茫暮色蓬山隔，遥望安知是夕颜？”

这种寓意美人薄命寂寞的花，其实是葫芦花。

它还有个别名叫“天茄子”，真是祛魅兼幻灭。

估计当时故事里的平民区将之当篱笆种，有美化功能，顺带着可以吃。现在要种也是可以的，诀窍是选用日本青皮葫芦品种，种子要泡。刨地、施肥、杀虫、授粉，完全是种菜的搞法。

种个篱笆还盘算着吃，的确是有点窘迫相。

粤地种篱笆还可以选木槿，耐剪又花期长。但高温高湿天气时还是要偶或喷杀虫药。

朝颜不香，颜色好。夕颜没种过，白花花的，估计会是香的。

晚上经过别家种的丝瓜苗旁，才发觉开的花很香，白天倒不觉得。估计夜里开的花大都是香的。

看不见啊，不香哪行。

夜色里一阵阵暗香，本来就是吸引夜行昆虫寻香前来授粉的。

种篱笆又想开花这事，估计得自己选。

有邻居选九里香，远远闻着香，可带着有点牙膏味，近距离的话，我以前在阳台养过，一阵浓香过来，堪比小型攻击性武器。

种一溜小青竹，三年才回来一趟的邻居说，啊，竹子特别招蚊子。

粤地很多人家爱种四季桂的小苗做篱，密密一溜儿过去，过得若干年，天凉花盛之际正好元旦春节。香起时，是令人即刻觉着开心释然的味道，前尘尽释，浑然忘忧。

既是隔篱，界面总得友好些。

有一家，简单粗暴种一堆三角梅，开得蓬勃，就是带刺，四仰八叉相当霸道，路过不留神就血祭一下。那是防贼的吧。

夹竹桃容易长，花期也长，在岭南一年能开个三季，就是有一点，你若不把它们放在正南或者西南面，它们还真是爱开不开。夹竹桃说是有毒，可如果不去掐伤它，就没毒。

“采菊东篱下”是名句，不过菊还真不太合适做篱，一年开一回，不管的话都冲地里趴。

使君子粗放能长，相当夸张，如果种在地里，下场雨，它的芽就能蹿出一尺。

花在白天闻没啥味道，晚上才香。

有天半夜，味道浓得我以为有个浇了自己一整瓶香奈儿的女人站在门外。

很是惊悚，犯嘀咕了一阵，才壮着胆子出去看个究竟。

就这，城里有朋友说，这花太甜香，嫌它惹蚂蚁。

不过如果种在北面，它也光长叶子不开花。

北面非要种开花的物事，最后选了紫花马缨丹，又叫蔓马缨丹，祖籍南美，蔓生，开清一色的粉紫色小花。

花小叶也小，没啥太大脾气，挂在栏杆上疏疏落落，尽责开花。长到蓬勃时，能遮住栏杆成个环状。铺在地上也能长成一大片。

我同学还发现这蔓马缨丹有个怪脾气，你不碰它们，那股子特殊味道是不会出来的，你去碰它，才发出气味攻击。

喜欢这气味的人还挺多，都是马鞭草科的，有个精油洗浴用品的牌子，就专门有马鞭草香味的洗发水和沐浴液。

邻居兴高采烈种了花：“我这啊，日本宫廷第一喇叭花！”

他说的那几株植物，其实是飘香藤，祖籍美洲热带，和日本没啥关系，肯定是卖花给他的人信口胡说。看了看位置，当阳，肯定能开，也香。

喇叭花就喇叭花吧，不过是种个篱笆。

人面果和女儿香

在《羊城竹枝词》里看到一句："郎似西宁人面果，妾如东莞女儿香。"作者谢龙章，清代广东高要县人士。

笑点低，乍看这比方，这是两只妖怪在谈恋爱吗？啥意思啊！再看，人家的意思，是说双双都是稀罕物儿。

此西宁非彼西宁，广东的郁南县在明代叫作西宁县，离广西近。私底下和人说，广西既然有南宁市，附近还有个地方叫作西宁也没什么稀奇。

要等到了民国，因为与青海省西宁市同名，才改名为郁南，此县位于古郁江（今西江）南岸。

这首清代粤人作《羊城竹枝词》中的"西宁"，自然是现在的郁南。

再说人面果。这玩意别名叫冷饭团、长寿果，也可以写成仁面果。

仁面树很容易种，但向来的口碑是：十棵树里有一棵能挂果就不错了。不过呢，一旦挂果，那棵树就年年有收成。

在怪力乱神的传说里，要等这种树结果，时间很长，所以都让小孩去种，得等种树人寿终正寝，那树吸收了他的灵气才可以结果。

人面果在粤地传说里矜贵成这个样子，实际上不好吃也卖不起好价钱，那玩意确凿地可以酸倒牙，都放糖精腌了做成零食，开胃用。长得像李子，熟的果实说是甜的，但到了今天，各路人马吃个橙子要求的甜度都和冰糖比，这人面果只好靠边站了。

东莞女儿香却是一直贵。

莞香出名，自唐代传入粤地，至宋代开始大种特种。也有说是在明代传入东莞，至明代成化年间成行成市。还有个说法，香港的得名，就是因为香贩买货之后在那处地方的码头港口设市集，转售东南亚，故名香港。所以香港的香，指的是莞香的香。

莞香树别名牙香树，瑞香科沉香属乔木。总之是沉香里的一种。

“牙香”还特指莞香里的精品，说是香农家的姑娘们负责洗晒沉香，她们会挑些又好又小巧的藏在怀里，用来私底下换脂粉什么的。每每从怀里掏摸出小小赃物，全屋皆香，得名“女儿香”。

冒辟疆所著《影梅庵忆语》：

> 近南粤东莞茶园村土人种黄熟，如江南之艺茶，树矮枝繁，其香在根。自吴门解人剔根切白，而香之松朽尽削，油尖铁面尽出。余与姬客半塘时，知金平叔最精于此，重价数购之……我两人如在蕊珠众香深处。今人与香气俱散矣！安得返魂一粒，起于幽房扃室中也！
>
> ……又东莞以女儿香为绝品，盖土人拣香，皆用少女。女子先藏最佳大块，暗易油粉，好事者复从油粉担中易出。余曾得数块于汪友处，姬最珍之。

“姬”是董小宛。按现在看，董小宛同学有着在任何时候都能把日子过出花来的特别技能，就是择偶眼光太欠，结果活活把自己给累挂了。

人面果和女儿香，用来比喻冒辟疆和董小宛，好像也挺合适。

姚黄魏紫山寨版

应该是从小觉得“姚黄魏紫”这词特别妖娆，“姚黄魏紫开次第”，想象中是鹅黄、明黄搭或深或浅的紫色，很醒目，是以一入眼就让人记住。

想当然是不对的，后来就知道了。欧阳修在《洛阳牡丹记》里写：“姚黄者，千叶黄花，出于民姚氏家。……魏家花者，千叶肉红花，出于魏相仁浦家”。魏仁浦，五代后周至北宋初年宰相。

看看地图上几个牡丹产地的位置，就知道这牡丹对于岭南来说，是北方的花。

原为陕、川、鲁、豫以及西藏、云南等一带山区的野生灌木，比较早成规模的产区大概是山东菏泽。除了云南，山东也是个种花自带“外挂”的神奇地区，那里的平阴玫瑰也很有名。

到隋炀帝时，“诏天下境内所有鸟兽草木驿至京师（今河南洛阳）”；及至唐代，有人说李太白著名的三首《清平调》，“春风拂槛露华浓”，夸的是好几款牡丹，借着牡丹含蓄地夸杨玉环。这有点硬是要说含蓄了，其实“云想衣裳花想容”已经很直白了。

刘禹锡的《赏牡丹》比较没劲，但还是名句：“庭前芍药妖无格，池上芙蕖净少情。唯有牡丹真国色，花开时节动京城。”非得借贬彼来褒此，您倒是至于嘛。

倒是牡丹江市没牡丹，算是个小小的梗，因为原名“穆丹乌拉”，由满语音译而来。穆丹，在满语中的意思是弯曲，穆丹乌拉就是弯曲的江。

牡丹和芍药，称“花中之王”和“花中宰相”。可是牡丹也是芍药科芍药属的啊。问了植物专业的同学，给出的说法是，这花王和花相，差别是牡丹是木本，小灌木，长起来硬挺；芍药是草本，开大发了没筋骨。

岭南种不了牡丹，花市卖的牡丹都是北方物流过来的。芍药也种不了，这边盛夏地面温度能煎鸡蛋，再下几瓢雨，芍药的块茎根直接就熟了吧。这种天气，酷似粤菜的一种做法：煎焗。

所以在岭南，牡丹都开在墙上，旧俗喜欢在客厅挂幅花开富贵图，那花就是牡丹。有人数着画上的牡丹有几朵付钱买画，画上有鱼的也贵些，谐音“富贵有余”。

某段时日的旧式小店铺，食肆居多，迎面的大镜子上也蚀出同样图案，闪光的镜面，磨砂的图案，配着半截贴着廉价瓷片的墙面和不甚干净的地面，看着凉凉的。镜子里每个人的脸色都不太好，又一晃就过去了。还看见过这种镜子挂在五金店里，映着型号各异的螺丝钉和水管，奇形怪状的金属边角料，油渍了的千斤顶，真是冷硬之中的一片冰心。

这是宋人杨万里的诗：“姚黄魏紫向谁赊，郁李樱桃也没些。却是南中春色别，满城都是木棉花。”这一看就是从北方到岭南之后的抒情。清代赵翼的《檀桥席上赋红牡丹》，说木棉花当得上是南方版的红牡丹：“姚黄魏紫已称妍，高格还应让绛仙。”

木棉可是大乔木，寻常人家院子里种这个未免太壮烈了些……

我打着小算盘，种了一堆巴西野牡丹，野牡丹科光荣树属的。和牡丹身后的芍药家族没啥关系。巴西野牡丹不怕热，开起花来深紫色，一株株满花满朵，一年里最多只歇两个月。

唯一缺点是看着好看，却不上镜，怎么拍都显单薄，有点丫鬟相。

放在阳台养也热闹，要大太阳，要给肥。

紫色成那样，和软枝黄蝉花搭着种成篱笆，就是紫色搭黄色。软枝黄蝉花期也长，就是没啥仪态，茂盛之时简直是在表演各种四仰八叉，不给个栏杆靠着完全不成体统。

这算是我在岭南弄出来的姚黄魏紫山寨版。

第一才子的红树

朋友来家，饭后消食活动是写字。

本人也真是俗得令人发指，手忙脚乱翻箱倒柜，好容易才找得出支开叉毛笔和现成墨汁伺候。

写点啥？想起看来的好句：“渔翁汝何来？何来复何去？一网出白鱼，歌声入红树。樵夫汝何去？何去复何来？担头有白云，草香花尚开。”

这几句被归入岭南诗风“雄直”一路的代表作，渔樵耕读，念着来来去去高低盘旋，就写这个吧。

从《岭南历代诗选》里看来的，作者宋湘，清代中叶广东第一才子，广东梅州白渡前乡人。大大的清官，“梅州八贤”之一。

有个出名的典故，和“六尺巷”齐名，就出自宋湘。

六尺巷，位于安徽省桐城市的西南一隅，说的是清代康熙年间的张英老家房子和邻家房子间有空地，邻居家占用了。张家人送信进京给他告状，此公回信说了名句：“千里家书只为墙，让他三尺又何妨。长城万里今犹存，不见当年秦始皇。”家人得书，遂撤让三尺，邻居肯定也是受了教育，也退三尺，所以有了著名的六尺巷。真个是和谐社会的好典故。

而宋湘的典故，据说是他做官后，家里人送信给他，让拿钱回去置办田产，他回信也说了名句：“子孙若如我，买田做什么？子孙不如我，买田又如何？”

理是这么个理。

就是放到今天，大家看得那个着急，买房子买地才能扛通胀啊亲。不为子孙也得为自己啊亲。

宋湘这首诗，还有人标注说，“一网出白鱼”里的白鱼，是白饭鱼。不知道是怎么考证出来的。岭南地区把银鱼叫作“白饭鱼”，可是银鱼应该是水冷些的地方才长得好吧？

粤地的溪湖水库里倒是经常能钓起白条鱼，只长在水质好的地方，水温稍高的地方也长得好，鲤科的，小手指大小的那些很好吃。

当然，也可能人家宋湘就那么一说，反正一网上来，鱼肚子都是白的。

至于红树，岭南地区能红花大开的树，常见的有刺桐、木棉和凤凰木。宋湘不知为什么很爱红杏，把自己书斋叫作“红杏山房”。只是红杏不论开花结果，架势也到不了红树的地步。不过，宋湘的《家园杂忆四十韵》里，有“籍隶梅州古，村名白渡前。……是岸排篁竹，逢桥有木棉。”那么他诗句里所说红树指的是木棉，就是大概率的事了。木棉开花时，说成红树，当之无愧。

入红树的歌声，该是客家山歌。时至今日，被称为有《诗经》遗风的天籁。

回头再看看这位从前广东第一才子的好句，大概用客家话吟哦起来，也会是像在唱歌。

何来复何去，何去复何来。

种草以及吃菜态度

前两年的这时候，邻居植物专业的同学家撒了草种，惊蛰前后雾蒙蒙雨绵绵的天气，草发芽，毛茸茸一撮撮地冒出来。

人说还照样给我订了两斤，一周后直接扔过来个还没拆封的快递包裹。

除了体能差点，咱是多么雷厉风行的能干人儿，拆了包裹，泡种子掺沙子撒种子，一二三四干完了，就差给自己点个赞。

再过一周，咱家的草也发芽了，生长速度之快我坐在客厅里看着都惊着了，后发先至已经蹿得比邻居家的还高。我纳闷地看着邻居说，这阵势瞧着很快就该插秧了吧。

一干人等围观惊叹之后，都开始觉得不对劲了。坐下来怀疑是不一样的草种。

口述对比了一通种子大小，又去搜索了一通图，结论是：单没下错，但货发错了。并且收货的这位就愣是没拆开验货。

那咱家园子里这长得拔地而起、速度堪比博尔特的草们留着行不?

没啥农活经验的损友们又比对分析了一通剩下的种子，以及它们日后的远大前程：这是牧草哇，能长半人高啊，野火烧不尽、风吹草低见牛羊那种吧。

众人馊主意遂又开始纷纷出笼，那再养只牛？羊？兔子？鹅？哼。

所以后来，朋友思呈、小洲过来夸草地的时候，咱皮笑肉不笑地提醒她们，下了除草剂呢，你们别摸了。除完了再种。我正指望着某只号称直杀禾本科根部的除草剂管用呢。

在那个生机盎然的春天里，本人干下的这种蠢事实在是值得八方点赞。

另外，被人族选育出来做绿化用的草种子，发芽生长的时候，完全长不过飘落埋伏在地里的杂草种子，种个草也需要拔杂草……想想高尔夫球场那么大一片绿草如茵，除草剂之多简直是必需的。

我努力拔了一小时，才拔了写字台大小的一块，还拔断了不少，根仍然在地里。老话里有句斩草要除根，那意思是如果有根，杂草还是会迅速地长出来。心想，这么个拔法就叫瞎忙，投降。

在临时请来帮忙的园丁阿姨眼里，在农活上我就是个小学生。

花卉市场里有培育好了的草皮论平方卖，买回去铺在翻过的土地上压实浇水，底下的根系长好后一片郁郁葱葱，杂草种子被覆盖在土里不见天日，就没那么容易冒头。

待草长起来，如果剪草时剪得太过，仍然有热闹好瞧，杂草冒头，迅速成长又结籽蔓延，草地立马没法看。见过专职负责园林绿化维护的技术人员发文，说的是这种情形下用哪种除草剂。

社会分工细化，有人专职种草，以前听同事说，她老家那边的田都用来种草，比种粮食收成好。有同学做园林设计这行，她家的客人里，有专家专职研究给古树根系杀虫杀菌，在树干上吊营养液，顺带研究维护草坪，和杂草搏斗。

墟日里，一位阿婶在卖特别嫩的潺菜，也就是木耳菜，还有紫苏——都连着根。

当她发现被我兴高采烈买下的潺菜苗和紫苏苗是打算回家掐掉根吃的，脸上是大写的古怪表情，就差没把菜苗给抢回去。而本人则要等回到家里择菜，发现菜苗实在太嫩，困惑了一阵为啥她们要连根卖，才忽然明白人家那是卖给我种的。边掐边内疚，啊，我这城里来的白痴。

卖苗这事，按说都是结完种子收好到时候播种育苗，可是类似本人，在这个领域的实际操作经验值为零，是完全想不起来什么时候要干什么的。所以说白了，阿婶们墟日上卖苗，是卖给没经验的人挣零花钱用，卖的是经验和时间。

郊区菜市场管得不严，阿婆阿婶会在市场角落摆点菜，最多三两斤，窄叶春韭或茼蒿；少则一份，比如瘦叽叽的葱，掐下来的紫苏，带芯的芫荽。

窄叶韭，每根细得牙签状，不说种出来，摘出来卖都费老大功夫，洗得人腿酸眼湿。问多少钱一斤？五块。“哎，我这是窄叶的，别人阔叶都卖五块，你全买了吧。”统统秤上也就七两，三块五。本地茼蒿都长花了，可吃起来香而没渣；芫荽长得壮，香气也来得更重。

听起来日子很容易过的样子，犯嘀咕的时候很快来临：坐车进城或者是趁墟的路上，郊外尘土飞扬的公路旁，村落路边的垃圾堆附近，以及脏兮兮的池塘旁边，都见缝插针地种着些菜苗，不知道那是勤劳的阿婶们种给自己吃的还是拿出来卖的。

一天，我为了对付快把花苗吃完的虫子们，网购了一堆农药。这堆小包装以及瓶瓶罐罐送到时，还全无心肝地开玩笑说，咱也是有农药的人啦。

到用的时候，傻眼了：那上面的说明书字号之小，在没有放大镜的前提下，除了佩服印刷技术之外，你休想看清楚。

努力半天，我还是没看到配药比例，又或者分解、降解所需时日。

最后，在户外一群蚊子的围攻之下，我手忙脚乱地胡乱配了一瓶开喷。那是花，起码不是吃的。

生物系的一位师兄聊起过他做小型生态农场课题，种稻米之前各处取土壤样本化验，及格的地方不多。“市场上，有机蔬菜的价格虽是普通蔬菜的3—5倍，但种植蔬菜要求很多，如三年内不得使用化学农药、化肥等违禁物质，基地周围要设置隔离带，除草、杀虫、捉虫等过程必须全靠人工。”

土壤这事咱们先忽略，我围观过植物专业的同学兼邻居自己动手种菜，她真干过这些事，大晚上还打着手电在地里面捉虫子，种个玉米，耗子来吃根；种个菜心，菜虫吃得那个欢畅；种个木瓜，熟的全让鸟啄了。她勤劳智慧忙半天，种出来的半有机菜，将将只够她家自己吃几顿。就这，土壤真检验起来还未必合格。

收成时，她摘一小筐过来吃时说，摘得腰酸背疼差点站不起来，菜农没那么好当。那阵子在她家蹭饭时，我简直没好意思多吃青菜，幸好她不种稻子。

另外，她种菜的那段时间，他们家厕所的先进自动马桶旁还另外设了个尿桶，特别具象地充分阐释了“肥水不流外人田”这句农家老话。

有个学霸型兼动手能力强的同学做邻居是件很有营养的事，据她观察，秋葵虫子不爱吃，她种了一堆；木耳菜虫子也不爱吃，还可以种成篱笆，随剪随吃随长；茼蒿虫子不爱吃，那当然，菊科的嘛；生菜虫子也不吃，还是菊科的。本人还特别省心地沿用她的结论，冬天吃菜心，天气暖了吃少些，因为天气冷没啥虫子，农药也不必下太多，诸如此类。

然而身为学渣兼偷懒类型，本人也不是一点贡献没有，我和她说，买回来的菜我用温水洗，再下点洗洁精，因为农药很多是油脂类的，然后多漂几趟，残留我没法管，至少是别当即吃出个好歹来。超市里的青菜贵一些，形式上总要检验一下，出处也有说明，我又不是兔子，也吃不了多少。

一回散步，正碰见山下一位邻居阿姨自己种生菜，说打算生吃，我看着她那群鸡，忍不住多嘴说，不要生吃吧，生吃的菜有更严格的标准，如果不灭菌，会有问题。

这么扰攘的时代，我打算去师兄的实验项目里做一阵小工，让自己回炉再造一下。

满城尽开羊蹄甲

每年三月前后，广州城里城外，沿街的羊蹄甲尽数开花。

繁盛之势完全不输别处铺天盖地的樱花，就是花期长，大伙不用带上好酒和吃食，搬个小凳子小铺盖专程看。羊蹄甲呢，都是上班路上，午餐路上，下班路上，买菜路上，一抬头，仿佛四处哗然。

比较缺乏仪式感。

可是此地若为花事繁盛而每每有仪式的话，也未免忙不过来。

我和朋友说，这地方简直休想“侘寂”起来，小友思呈则说，这地方，花开起来有股子乱搞的气息。

乱搞就乱搞，基本上见到羊蹄甲繁盛之处都是亚热带，气候又潮又暖，粤语中有句贬语曰“咸湿”，特指色迷挂相之猥琐人物。

大抵欲望和气候也甚为相关吧。北方冷而四季分明，欲望来得激烈，吃食也重口些，烤串腰子肘子镇场；岭南潮暖而四季暧昧之地，得是绵延不绝的持久战，常年靓汤粥水巡回辅佐护卫，倒也都是些淡口的咸湿之物。

而少年纯情心事，未必直指欲望，却有直觉。以前有位同行，女友从北方来，他打算告白，还期望女友愿意搬来广州。于是精心设计接飞机路线，由机场高速奔麓湖路，总之绕场一周全是城中花开最盛地段，而后才回工作地点。那应该就是三四月的时候，麓湖路的羊蹄甲花开时，春光明媚得不似人间。

每逢此季，也就到了植物爱好者们和各路不求甚解的街坊群众较劲科普掐架之时。

羊蹄甲属下约有六百种植物，岭南种得最多的是三种：红花羊蹄甲、宫粉羊蹄甲和白花羊蹄甲。

红花羊蹄甲是经某任港督和植物学家合伙研究之后，申报的一个当时的新种，也是现在香港特区的区花，原来译成“洋紫荆”。可是香港本地人管它叫紫荆花，还叫紫花羊蹄甲、香港兰花，台湾地区说的艳紫荆——都是它，开完花之后不结荚。

然后呢，植物学家们现在说的洋紫荆，又指的是粉花羊蹄甲，也就是宫粉羊蹄甲，开完花结一树的荚。

白花羊蹄甲开一树白花，结荚。

大而化之，一律叫作羊蹄甲倒是肯定没错。不过街坊们没那个闲工夫，随口说是紫荆的，看到宫粉羊蹄甲大叫是樱花的，什么都有。总之各叫各的，乱成一团，好玩。

羊蹄甲的叶子巴掌大，像羊蹄，还像小娃娃的屁股，不够秀气。做行道树很好看，也有用来做庭院的，那就有些不耐看，种在公园里还差不多。

正儿八经的紫荆，我好奇地网购过一株来种，开花全开在枝干上，叶子是心形的。岭南可以种，不过如果没啥特别关照，不爱开花。这树喜欢冷气候，在北方，是到了时候就一树花的吧，就像长在亚热带的羊蹄甲们。

岭南三月花阵之中最好看的，是粉花羊蹄甲和白花羊蹄甲混着一溜儿种过去的路，花齐放时，是粉白粉红漫天花雨低空凝住的情形。

少时爱韦庄。他说："花开疑乍富，花落似初贫。"

说得真好啊。

他还说："万物不如酒，四时唯爱春。"

不禁拍案而起，岂有此理，说得对啊！

花开的时候，花落的时候。

春天的时候，喝酒去。

刺桐花发共谁看

有一年的刺桐，一月份开始开花。

盛放时远看一树火红，如果几棵种在一处，也是有火烧云的气势。

近看每朵都由一瓣瓣辣椒型小花排阵组团而成，像小小的火莲，整棵树则像忽然打开了个香艳毒辣的暗器小仓库。

刺桐原产热带和亚洲，据说是阿根廷国花，日本冲绳县县花，中国福建省泉州市市花。

阿根廷国花，应该是刺桐属下面的一种，叫作“鸡冠刺桐”，也是灌木或者小乔木，开起来很像一簇簇的小鸡冠。

还有一种，龙牙花，灌木或者小乔木，但是花开起来更加热闹密集，又叫象牙红、珊瑚刺桐或者珊瑚树。

乔木的刺桐就叫刺桐，可以长到二十米高，还有个别名“鸡公树”。

刺桐在泉州那边多，还有个名字叫“瑞桐”，为着是每年先开花还是先长叶，附赠一段两位公务员为民赋诗抒情的事迹。

广州这边的刺桐今年先花后叶，通常没人太注意这事，并不纠结。

刺桐开花足够好看，但花期和红棉交叠。没有比较就没有伤害，它就是不能和红棉比。红棉自带大主角光环，树之挺拔轩昂之分量足，刺桐在旁边马上变成辣妹子款。

古时刺桐算是出名的岭南花木，唐代朱庆馀有首《南岭路》：“越岭向南风景异，人人传说到京城。经冬来往不踏雪，尽在刺桐花下行。”

南蛮之地，通常都是运气不好或者倒霉了才被派过来，唐代李郢有首《送人之岭南》，里面有两句是安慰人的：“回望长安五千里，刺桐花下莫淹留。”

一样是送人，《送汀州源使君》里面的两句可谓“哪壶不开提哪壶”：“地僻寻常来客少，刺桐花发共谁看。”替人抒情这事，还是有风险的……真想穿越过去看看汀州源使君的表情特写啊。

作者晚唐诗人张籍，网上查张老先生简历，他与韩愈亦师亦友，情谊深厚，曾得到过后者的举荐。其乐府诗与王建齐名，并称“张王乐府”。到了今天，其最为人熟知的名句估计是“还君明珠双泪垂，恨不相逢未嫁时”。

有本后唐冯贽编纂的《云仙散录》，小说，据说是宋人王铚的伪作，有点像今天的洋葱新闻（讽刺新闻）和名人八卦集锦，总之不算靠谱，里面有个“杜诗烧灰”的段子：“张籍爱杜甫诗，取其集，焚取灰烬，副以膏蜜，频饮之，曰：‘令吾肝肠从此改易。’。”

看着张籍先生送别的诗句，倒有点让人相信，他拿着纸灰拌蜜糖喝这事是有影子的。

辑二

菊花　栀子　紫薇　霸王花

水仙　广玉兰　鸡蛋花

友圈四季

万能的微信朋友圈里，熟和不熟的人们都在晒图。

晒，粤语里除了正常的曝光晒太阳的含义，还暗搓搓指炫耀，比方说，这人真是晒命，意即这人在炫耀自己命好。这么说的时候，褒贬的态度不重，就是指状态情形，所以一般都是笑嘻嘻地说的。

众人像开了个小窗口，异彩纷呈地播放各自的四季。

这段时间能看到早春的北方，蓝天下桃、杏、李、丁香、海棠万花齐放，日本的樱开成了浩大烟花，伦敦的花事扰攘，新西兰某个小镇上的百子莲和绣球野生得铺天盖地。

有朋友晒出烟雨江南的图，拍得像吴冠中的画；另一位晒的是桂林山水，像水墨画。

岭南此时开的，各路红花是刺桐、木棉、扶桑、澳大利亚火焰木、朱缨和红檵木，橙色花的是无忧树，粉和白的是羊蹄甲、毛杜鹃和水蒲桃，香的是四季桂、含笑和柚子花。

一年朋友圈的各路报道看下来，基本上就是岭南花事领先一个季度，感觉我们被偷走了冬天——也还剩了一些，零星混在岭南的春天里无序插播。

别人晒雪景时，广州友圈晒短袖；别人晒春花时，粤地人民一时准备度夏，一时成功入冬，衣柜里乱成了神经病。五星酒店里，有开冷气的，也有开暖气的，穿短袖的和穿羽绒小马甲的人坐在饭桌旁相洽甚欢。

清代关涵的《岭南随笔》里说："越地阴阳多不得其和，三冬恒暖，即冷亦不过数日，至立春后，反有奇寒。盛夏亦热，入夜便解，至立秋后反有奇热，俗所谓春冷于冬，秋热于夏者也。谚又有之曰：'四时皆夏，一雨成秋'……"

老先生还解释了通原因，顺带聊了阵一熟、二熟、三熟的谷物。

看完就觉得这一年三熟的谷物，种的时候，时间要卡得刚刚好吧？否则对强迫症流程控可是个焦虑大折磨循环。

习惯了写字楼里准确到分钟安排时间的人，放去种一季稻子，体验一下看天吃饭，继而人力预设流程各种失控的感觉，估计会有如下反应：终于对祈祷风调雨顺有了切身体会；人工大棚绝对是个好主意，虽然是用来种花种菜；同样条件下，别人种得好而你种不好，那就是综合技术和经验问题。

四处探头探脑，瞎好奇胡琢磨这事，按说未必有什么用，但身处资讯爆炸纪元，无数聪明人的经验都摆着在那里共享。

只是对于身为农活小白的本人来说，像只树懒一样慢慢想些有的没的事情，是旁若无人的时间。

旁边确实没有人。

夜香花

夜香花五月开始有。

如果说入冬的硬标准是连续若干日气温10℃以下，岭南珠三角地区常常处于入冬未遂状态。

年年的日历像是考试答卷的空白处，未遂之时也总得胡乱填上些什么。

所以在一个偷工减料乱填气温答案的冬天时段过去之后，南国之春时段延续学渣风格。别处有四季如春，咱们则春如四季，早上春风拂面；中午艳阳高照；下午秋风落叶；晚上气温陡降，街上的人和家里的衣柜，都是最乱的时候，短袖、风衣、羽绒全摞一处。

老话一直说，未食五月粽，寒衣不入笼。虽则气温时常热得要开冷气才睡得着，可还是要等过完端午，被子什么的才能“束之高阁”。

到了这时忽然就进入了擅长项目答题阶段，而且是花式答题：夏天是吧，热是吧，燥热、潮热、闷热；潮闷的热、清蒸的热、干蒸的热、白灼的热、红焖的热、煎焗的热、早晚一样热。真是卷子太短，答案太长。

在没有空调的古早年代，夜香花是过夏天时的辅佐小技能。在漫长的夏日里感到头昏脑胀，没有胃口之时，各式汤汤水水上场。粤式旧菜经典之一是冬瓜盅，或大或小的冬瓜掏个半空去籽，陈鸭肾、瑶柱、草菇、莲子、火腿，林林总总，该汆水的、该浸发的都弄妥，通通切粒放进冬瓜里，再把冬瓜原盖扣严实，隔水炖，出锅前撒一把夜香花苞。以前如果没有夜香花苞，大师傅不乐意做冬瓜盅，少了那阵特别醒神清异的香，欠了最后的点睛。

变种的类似夏日菜肴，是清末民初南粤美食标杆江太史家的“白玉藏珍”：“用整块冬瓜盖住鲜菇、鲜莲、冬菇、干草菇、云耳、榆耳、竹笋等一大堆佐料，加素上汤炖够火候，再撒上夜香花而成”，这个是素菜。

夜香花一般就指夜来香，通常都特别注明是“多年生藤状缠绕草本植物”的那种，因为有种木本植物也叫夜香花，有毒不能吃。

清人徐珂的《清稗类钞·毛对山食夜来香》：“花中之夜来香，直北颇贵，至粤西，则人多取以入馔，风味颇清美，谓于餐菊之外，添一故事。一日，毛对山在酒楼小饮，适有此品。众谓此三字，对殊难其偶。对山戏拈盏中‘春不老’三字以对之。”

毛对山，即咸丰同治年间的名医毛祥麟。春不老，“为江西省鄱阳县名菜，仅产于鄱阳县鄱阳镇东湖四岸，上士湖的西门高门一带，也就是在鄱阳镇旧城周边生长，出城数里则变之为芥”。至于“保定府三桩宝，铁球、面酱、春不老”里的春不老，又名雪里蕻，也还是芥菜的一个变种。

说回夜香花。这花香得发臭，到晚上香味盛时尤甚，入馔的是花苞。一般家里用它做菜是做成极简版本，还直接当主菜吃。比如夜香花煎鸡蛋和夜香花猪腘汤，自然也有说法，祛风散寒、益肝明目，总之是哄家里人吃下去，吃个啥都强调一下附加值。

夜香花苞做菜，略考手艺，太生有臭青涩味，太熟那股特别的清香就没有了，这菜就做得毫无意义，吃或不吃都让人为难。

这花的来历，有说是原产于中国华南地区，而《广州植物志》里说，此花名出《植物名实图考》："原产热带亚洲和马来亚。约10种以上，广州栽培一种。"这书特别惜墨如金，就是这一条破例还加了一句："本植物的花极香，除观赏外，并可和蛋或肉类炒而作馔。"估计作者是个特别爱吃这花的，到了说其他植物的时候，能不能吃一句都不提。

有一次吃怀旧粤菜，炸云吞旁边配了一把天妇罗版本的夜香花蕾，吃得相当之高兴。

粤语里，夜香花和夜香是两码事，说夜香花时不可以省略花字。因为在家家倒马桶的年代，倒马桶就叫作倒夜香。本来应该是夜臭，但粤人一直有把他们认为不好的词替换成反义词再说的习惯，就说成了夜香。类似的例子，还有把猪肝说成猪膶，空屋说成吉屋。

这七拐八弯的，可以用来出粤语十级考试题。

陶家黄英和最讨人嫌男主角

聊斋的花精狐妖故事里，写了个相当烦人的男主角。

马子才，顺天人。这马家祖宗八辈都爱菊花，到了他这辈，更热爱。一听有好苗好种，十万八千里也扑过去买买买。一回，来了位金陵客借住他家，聊起来说亲戚家有好苗，他马上就跟着人过去了。

估计那客人内心是崩溃的，以后还能不能和人愉快聊天了啊？就那么一说，您怎么就认真了呢？这都跟来了，总得满世界给他找吧。好歹给他弄来两株苗，马少爷当宝贝似的又裹又藏。

回程半路上，遇到俊男美女的姐弟俩，对菊艺特别在行，说姓陶，姐姐名叫黄英。看到后来就知道，那是陶渊明的陶，姐弟俩是菊花妖或者菊花精。

这马子才热烈邀请姐弟俩住到他家旁边荒废的苗圃之后，一边嫌人家卖菊花俗，一边又担心人家种出来了好品种不给他；一会儿又瞧上了黄英。

及至马妻去世，马子才娶了美人黄英，又觉着陶家姐弟做菊花生意太有钱了，“马耻以妻富”。日常器物用品非分个彼此，诸如此类，总之是冬烘狷介。

陶黄英的弟弟酒量很好，也爱喝。大醉过一次现了原形：“出门践菊畦，玉山倾倒，委衣于侧，即地化为菊，高如人，花十余朵，皆大于拳。”

马子才吓坏了，找来陶黄英，现场围观到她的处置程序是把花拔起来放在一边，用衣服盖着。第二天，就见这小舅子睡在菊田里。

到第二回把小舅子喝成大醉现形时，这马子才自认为是老司机，也把花拔起来，却是“叶益憔悴”，赶紧再去告诉黄英，晚了，小舅子没了。

黄英把那株枯了的菊掐了段梗埋在花盆里，在自己房间里每天浇水，“盆中花渐萌，九月既开，短干粉朵，嗅之有酒香，名之‘醉陶’，浇以酒则茂”。

姐弟俩对着马子才的拧巴，倒是不太计较，美少年说了个金句：“自食其力不为贪，贩花为业不为俗。人固不可苟求富，然亦不必务求贫也。”美人则说，她倒不是贪，而是“谓渊明贫贱骨，百世不能发迹，故聊为我家彭泽解嘲耳”。

故事里有个细节，陶家少年除了自己拾掇菊花，也做南花北运的生意：“逾岁，春将半，始载南中异卉而归，于都中设花肆，十日尽售，复归艺菊”，“忽有客自东粤来”。

自宋以来，俗称“粤”的两广地区分为广东（广南东路）、广西（广南西路）两个省级区域，于是常以“粤东”称广东，“粤西”称广西。这一共享简称的现象一直延续到了清代。不过如果是现在说“粤东”，指的是潮汕。故事里的“东粤”，指的是广东。

做园林行业的朋友说，种菊花是个专门的行当。广东的中山市小榄镇，是出名的菊城。小榄人善作盆菊，技艺精湛。历史上每逢菊花盛开时，各家族将各种菊艺摆设在一起评比高下，曰“菊试”。最早是有“菊试”“菊社”等民间组织，后来逐渐演变成为盛大的“菊花会”。

到了清代嘉庆年间，则有当地十个菊社联合举办大型菊花盛会。

中国菊艺分南北两派，北派菊艺以北京为代表，南派菊艺代表团则是广东小榄。所以故事里这男主角是北京人，还真不是瞎编。

看别的书里说，陶渊明的“采菊东篱下，悠然见南山”，除了字面的意思和意境，还有层意思，是长寿：除了寿比南山，菊花之耐开，也指长寿。

的确是吧，家里好几盆菊，几年前买的，开完剪去老枝，还能开一茬又一茬。

今年它们已经开到了第三轮和第四轮，还酝酿着第五轮。

已经是夏天了。

芭蕉叶大栀子肥

有句话形容人犯迷糊，说是脑子里进水了。

不是什么好话。

要说十一二岁的住校小孩脑子里进了点开水，那是一点都不奇怪。我那时候满心盼着自己是外星人的卧底或者遗孤，满校园转悠着想找到点什么奇石山洞裂开个缝掉下去，或者碰到什么奇花异草，触发奇遇开关，那样就不用做功课了。

终于有一天，我在满目全无章法的绿色里发现了一丛绿植，顶着一大朵触目的白花。凑过去闻，奇香，香得竟然让人不迷糊了，闷热天气似乎降了几度，忘了藏在天际的幽浮。我不舍得把花掐走，便回课室晚自习去了。

好些年后，我才知道粤地把那花叫作“白蝉”，那种花香是冷香。

又过了很久，才知道原来那就是大名鼎鼎的栀子花。

白蝉还叫白蟾、荷花栀子和牡丹栀子，重瓣，在岭南的开花时节正是北方的牡丹花期，花盛的情形也似牡丹。“白蟾”在诗词里还指月亮，比如说，“吟窗冷落白蟾蜍”。按说在粤语里，这花的别名“白蟾”才是正字。

至于栀子花，资料里说原名正字是该叫作卮子花。古代有一种酒杯称“卮”，这花结的果实特别像小号的“卮”，故得“卮子”之名，而“栀子”是由“卮子”而来。

栀子花原种是单瓣的，前两年在山里远远看见一株白花，刨了回来，剪开几截插在花盆里，它们活得相当茂盛。粤地管这种叫作“水横枝”，经常拿来做盆景，其实就是山栀子。

念大学时知道席慕蓉有首诗：

如果能在开满栀子花的山坡上
与你相遇　如果能

深深爱过一次再别离

那么　再长久的一生

不也就只是　就只是

回首时

那短短的一瞬

全诗充满少女的幽怨。当时却是我在某位学长抄来泡妞时围观到的，所以从此之后每逢看到这首诗就笑场。

至于满山坡的栀子……大规模种栀子花的记载最早见于汉《史记·货殖列传》中的“若千亩卮茜，千畦姜韭，此其人皆与千户侯等”。

唐代韩愈的《山石》里有句：“升堂坐阶新雨足，芭蕉叶大栀子肥。”

而唐代段成式的《酉阳杂俎》里则说：“栀子，诸花少六出者，唯栀子花六出。陶贞白言，栀子剪花六出，刻房七道，其花香甚。相传即西域薝卜花也。”

花开六瓣，说的就是山栀子开花的模样。当年韩愈眼里的栀子，是山栀子，不是重瓣，是单瓣。

不过，栀子的原产地不是西域，而是我国和日本。

除了山栀子，还有水栀子，也就是雀舌栀子，岭南不多，长江中下游地区多，主产地是江西抚州。

韩愈被贬岭南潮州，看编年履历，足迹也到过江西，只说栀子花，倒是应该见过雀舌栀子，但是说到芭蕉叶大，芭蕉原产琉球群岛，从海路来的岭南，长得那是相当巨大。

岁岁花相似，年年人不同。那果然是真的。

江南岭南花

初夏时分，逛了几日杭州西溪湿地和莫干山。

岭南人民到江南，几乎秒变“植物盲”。

这是枫杨，在岭南没看见；水杉能嫩绿到像巨型宠物，它们在岭南貌似又深绿又蒙尘；月季玫瑰和绣球都开得好，在岭南那是技术活。

路边的栀子是雀舌栀子，比在岭南茂盛的白蝉和山栀子要小巧精致。

粉色绣线菊细看也毛茸茸，金丝桃还叫金丝海棠，成规模地在路边大开。这两种曾经在网上买苗种过，它们在岭南只长叶子不开花。

大致上的情形，就是江南各处的绿叶来得斯文，花的细节也都丝丝缕缕地长成了工笔画。

同行的江南姑娘是个植物控，看本人逐样指着控诉这种不开花、那种度不了夏，问了句三角梅也就是簕杜鹃，噢，那在我们这里能开劈了。五色梅也是。

广玉兰在江南各处可见，比在岭南密集。幼时去同学家玩，她家院里有株广玉兰，开得像人脸般大的荷花。本以为广玉兰的“广”，和两广有啥关联，后来才知道不是，那是海纳百川、胸襟宽广的“广”，此花原籍美洲。

这花和李鸿章有点渊源。话说1885年清政府在中法战争中取得了胜利，战后论功行赏，要对淮军将领赏赐官位和金银珠宝。其时李鸿章给慈禧出主意，美国特使带的108棵广玉兰树，就赏赐给淮军吧，还说淮军所在的江淮地区适合广玉兰生长，肯定会越长越繁盛。看到广玉兰，就想起老佛爷，也不枉淮军将领报国的忠心。

金银珠宝变成了广玉兰，受赏者又把树木送回老家栽种，使得合肥一带保存了好些百余年树龄的广玉兰。

御赐植物这事，估计谁遇着谁眼前一黑，万一没种活可怎么办，简直是棵木祖宗。

再后来，李鸿章的曾外孙女张爱玲在《私语》里说广玉兰：“开着极大的花，像污秽的白手帕，又像废纸，抛在那里，被遗忘了，大白花一年开到头。从来没有那样邋遢丧气的花。”

喜欢广玉兰的，却也是因为花极大，并且香。花盛时远远看去，像站满一树鸽子。

不论江南还是岭南，此时都是白色香花时节，白玉兰、茉莉花、栀子花、九里香、木香花。

若说不同处，岭南绿植茂盛得粗枝大叶，有打算抢地盘的帮派感，而江南的绿，放眼望去，一派温柔。

少时会挑妩媚的宋词来记，比如“水是眼波横，山是眉峰聚。欲问行人去那边？眉眼盈盈处”，说的确是江南。

若说岭南，那会是浓眉大眼，不是盈盈，是森然。

谁道花无百日红

南国盛夏，除了火红的凤凰木开得招摇，抢镜的还有大叶紫薇，一蓬蓬、一树树，绿叶紫花，开得满城惊诧，年年有人惊问：那是什么树？

那是紫薇啊，大叶紫薇。

天气闷热得没了个边际时，看着路边一树树烈日骄阳下的紫花雾，也就稍被安抚些。

小叶紫薇也开，最俏的宫粉色，也是满树一簇簇，烈日下近距离拍过一簇盛放的，繁盛艳色，艳到了寂寞程度。

大叶紫薇怕冷，不怕热；小叶紫薇没那么怕冷。我大中华是紫薇原产地，之一。别国的，好些都是从咱们这里移过去的。紫薇确是特别招人待见，又容易种，又活得长，能活个好几百年，花期也特别长，实乃庭院、路政、绿化必备之大好选择。

说实话本人留意紫薇，倒不是因为这一族大名鼎鼎、源远流长，而是到处琢磨找寻花期很长，又不需要怎么打理操心的树，才发现紫薇就是。只有一点不算太完美：它们花盛之后结实落叶，光秃秃的全是枝杈，也好几个月。

种紫薇最热烈的时候是唐代。紫薇和紫微同音，其时道教盛行，紫微星可是帝星。所以，如果是搞迷信活动牵扯到紫微斗数，那是道士，肯定不是和尚。

紫微垣，自汉代起就用来比喻帝王的居处，即皇宫重地。唐代的中书省设在皇宫内，是国家最高的政务中枢。

中书省的名称在唐代折腾过很多次。唐高宗就改过，将中书省称为西台，中书令称右相。武则天时又改称凤阁，中书令称内史。开元元年，唐玄宗改为紫微省，中书令称紫微令。

这一来，当然要种紫薇。

唐代《初学记》卷十一里说“中书令”：“开元初改

为紫微令，五年复旧。”以本人的一颗小人之心胡猜，估计当时唐玄宗也不知是怎么着就被说服了，给中书省改个好听的名字叫作紫微省，结果给这帮属下们这通嘚瑟，老大终于不爽了：哪儿来的那么多家伙和紫微有关联，你们还是叫回中书省吧。

唐代中书省官员是有多么热爱“紫微”这两个字，以至于后来官场中凡任职于中书省的官员，皆喜以“紫微”别称自诩，例如唐代诗人杜牧当过中书舍人，写过名篇《紫薇花》，人称“杜紫微”。还好他没有写紫藤。

唐代白居易作诗一首：“丝纶阁下文书静，钟鼓楼中刻漏长。独坐黄昏谁是伴，紫薇花对紫薇郎。”显摆，这完全是赤裸裸的显摆……

多年以后，白居易老师在写下“江州司马青衫湿”之后，再写的紫薇就唏嘘多了：“紫薇花对紫微翁，名目虽同貌不同。独占芳菲当夏景，不将颜色托春风。浔阳官舍双高树，兴善僧庭一大丛。何似苏州安置处，花堂栏下月明中。”这是后话了。

宋代杨万里说：“谁道花无红百日，紫薇长放半年花。”

紫薇别名百日红，这又是红又是紫，明代《学圃杂疏》说：“紫薇有四种，红、紫、淡红、白，紫却是正色。”

紫薇以花色紫者正宗，所以，大名就是紫薇。

霸气侧漏去炖汤

有种花，岭南人民特别熟悉，那名字也特别适合武侠玄幻修仙故事。

中文学名叫做霸王花，另外，剑花、霸王鞭、量天尺也都是指的它。

这霸王花的家族渊源，乃金虎尾目，仙人掌科，量天尺属。

量天尺，有“虬龙高跃欲量天”的意思。听着就玄幻，像是个修仙故事里的至尊宝贝。

这宝贝原产墨西哥、南美热带雨林，还可以出现在印度、巴基斯坦、喜马拉雅山脉周边国家。也有说原产地是巴西的。据靠谱说法，曾经发现的霸王花种类有17种，如今部分品种已经绝种。所以这些五花八门的原产地，说的未必就是同一种霸王花。

反正全世界的热带、亚热带地区都可以种。我国主要分布在广东、广西，云贵川亦有，又以广州、肇庆、佛山为主产区。

粤语里以前说霸王花，还兼指强势巴辣的女性；女警女兵都能称作霸王花，可以看成巾帼不让须眉的极简说法。港片就有部《霸王花》，说的是女特警的故事。

身为广州半吊子土著，本人要小声说，这玩意非要种的话，岭南人家都可以种，就是它太占地方，又是仙人掌又是攀缘植物，一旦长起来，说好听是舒展版的盘龙卧虎，说不好听是无序版的筋头巴脑，真没啥好看。

开起花来确实非常大，起码小孩脑袋般大，像昙花，又名假昙花，也晚上开，开了就不闭合，就开那么几天。其实半开花时就好摘去晒成干了。

昙花也是仙人掌科的，和霸王花是亲戚。

它们家亲戚还有火龙果。按分类专家的说法，火龙果和霸王花本来就是一回事，但作为常见的水果和蔬菜，两者都已经不是原生物种，而是园艺驯化栽培的植物。作为霸王花的量天尺培育成了可专取其花食用的“菜”，作为火龙果的量天尺花果都可食用，主要食用浆果。

本人最纳闷的事情就是火龙果为什么能卖得到处都是，多奇怪的果实啊，大部分啥味道没有，番薯都比它甜。

在我们儿时，岭南最出名的霸王花产地，是肇庆。

那里有著名的鼎湖和七星岩。

很多年前那里是省会中小学生们远足郊游差不多最远的去处。有说七星山水甲桂林，少时爬过七星岩，长大后再去桂林玩，都是喀斯特地貌，确是非常像。

广东有道著名素菜叫作“鼎湖上素”，是道正规上席的菜，说的就是肇庆的鼎湖。

鼎湖山泉也出名，在卖水成为一门好生意之前，那里的芡实不错，粤人一天到晚要健脾，汤料里用芡实，而肇庆产的专称肇实。在以前粤港师奶们心目中，肇实一定知道，芡实却不一定都知道。

肇庆最出名的是端砚。

另有巨大的肇庆裹蒸粽，还有巨大的霸王花。

种那么多霸王花，不为赏花，为的是吃。

霸王花晒干的去处是煲汤，弄三几棵浸水漂净，煲猪骨或者煲猪踭肉。

猪踭肉，指的是猪腿附近连肥带肌腱的一坨肉，耐煲。

煲够火候时，汤里吸足肉味的霸王花口感滑溜，既清又糯，那是能完全吃饱的汤。

如果不是因为煲汤好吃，估计大家不会种那么多。

就是不能贪心，煲汤时如果肉不够，又下了太多霸王花的话，口感会寡。我小时候干过这样的蠢事。

说来说去，这些仙人掌家族里王霸之气十足的量天尺一脉，最早都是从海路来粤地的吧，那么大的花，怎么就被研发成了老火汤料，用来清心润肺清热祛暑呢？

这种汤料还有个好听的名字，叫作七星剑花。

学渣的植物分类学考试

很多很多年前，对于动物专业的学生来说，植物分类学是选修课，对植物专业那帮才是必修课。

选修课学分低，考试考两趟，笔试之后再加现场考。

之所以还依稀记得，那是因为身为学渣的在下觉得，我就是来蹭个学分啊，怎么还要考两趟?

临近暑假，潮热的康乐园里三五成群的奇葩成批出现，由饿蚊伴游，念念有词一路行去——这是夹竹桃，那是小叶榕……考试范围要认20种，在校园里考。

据说植物专业的要认40种，还得说出“界门纲目科属种”什么的，去植物园还是山里考。

在下死记了估摸着将将够及格的大概15种，不认得的就算了，别把认得的给忘了就成。

学霸的想法策略不一样，着重记不认得的。

怎么混过现场考试的真忘了，但学霸没拿满分，原因是特别熟悉的一种树，名字就在嘴边，死活说不出来。连本学渣都乐了，那是当时校园里最多的树，是“白千层”。准备垫底的本人反而在考前对着那些认得的树木念了好多遍。

及至植物专业的学霸考完回来转播盛况，她也没拿满分。但她的故事是，她认出了所有老师所指的植物，最后一株，她犹豫了一下：这个刚才已经考过了啊，莫非是别的？

而后老师和她说，你很好，都认出来了，不过我只能给你95分。最后那株重复的是我故意再考你的。

很多年后，我品出了浓郁的古早心灵鸡汤味道，那意思是在植物分类学上从来没有满分吧。

植物分类这事，实际上确实没人能得满分，不认得就是不认得，从岭南到江南，即刻变成“植物盲”一点都不稀奇。

真要认得也行，摘标本，回去对着巨大巨厚的工具书和资料，细细逐样比对，全是案头工夫，就这么干了也不一定得出正确结论。

在微信公众号某篇写花的文章后面有读者留言：我们单位有个北方来的学生物的同事，大家问了他几回这是什么花，他都说不出来，人品靠谱值断崖式跌落。太令人同情了，这还真不是他的错。

后来的植物分类学考试，听他们植物专业的学弟学妹们开玩笑说，考试时争取走到老师前面，看见不认得的植物，赶紧一脚踩住，造福自己也造福后人。

那是老师连野草都要考了吧？身为资深学渣，本人琢磨的是看见不认得的树，那可怎么办。

贝多罗花诗已讹

岭南园景和东南亚园景有些像，随处可见鸡蛋花树。

最合适的地方，是水边来一棵，或老或嫩，阳光猛烈之下，又湿又热，长得特别好。

开起花来满树一丛丛地，花开五瓣，花心黄色外围白色，类似剖开的白煮蛋。这种黄白色的比较香，有红色花的，不太香。

花期长，在广州，可以从四五月一路开到立冬。就是有两三个月叶和花俱落，立在地里似奇幻无节制重叠长成的鹿角，说是一堆晾衣叉子聚合出来的造型也成。

拾捡鸡蛋花回家晒干预备煲五花茶是粤地民俗，而用新鲜鸡蛋花和鸡蛋调和，油炸摆盘奉客，是西双版纳的傣族风情。

鸡蛋花在全世界的热带、亚热带地区种得到处都是，原产于墨西哥、委内瑞拉和西印度群岛，总归是美洲热带地区，多为小乔木或灌木，典型的热带花卉，晒不到太阳就只长叶子不开花。

男女们去海岛度假要拗热带风情造型的话，夹一朵鸡蛋花在耳边即可；再用力一些，来一个鸡蛋花串成的花环，即可从东南亚光速穿越到夏威夷。

广州随处皆见的鸡蛋花树相当蓬勃，可是多年前和损友莫名其妙去过一趟菲律宾，那里的鸡蛋花树之茂盛，还是震慑了在下。

正经的鸡蛋花树，枝伸叶展，颇占地方。

三年前，我打算用大号花盆种一小株意思一下，结果墟日遍寻没苗，估计是农家也懒得弄，花农地里的又大。

顿觉有点愕然错乱，如此触目可及的寻常物，就是没有现成的，像是悬空开了个嘎一声的玩笑。

当然，反省精神需要有。在大岭南地区只弄个花盆种鸡蛋花，往轻了说就是拧巴，岭南人民赚钱谋生都很忙，当然没有义务来配合我的异想天开。

后来我查到这树极容易扦插。按说可以在邻居们花园里掰一杈，可是和他们不熟，另外人家种得好好的，咱去破坏造型，不太开得了口。

于是去和物管商量，请他们同意我去山谷里的村屋小区大花园，砍一根鸡蛋花枝杈，就一根。

征得同意之后，我奔厨房揣把菜刀，伙同家中男丁跑下山，围着若干棵鸡蛋花树转悠。

其时是冬天，当然，岭南的冬天不必当真，随机升温到接近30℃是等闲事，像个制冷时常坏掉的巨型空调，不过湖边鸡蛋花树仍是全体摆出准时落叶放寒假的姿态。这比较砍得下手，比枝繁叶茂时下得去手。真的就砍了根分杈，很像鹿角。

砍时费劲，弄回家就断成两截，找来一盆沙，浇水把它们插好，放在半阴半阳处。

及至我差不多忘了这事，直到雨水季节的时候，毫无动静的枝杈长出了叶子。

这算是插活了，砍了一杈，变成了两盆。至今若无其事地热闹长着，它们实在是容易活。

到我打算找点诗词歌赋追根溯源地给它们写点什么的时候，又一次愕然：本学渣抱着《历代岭南笔记八种》《番禺河南小志》《岭南随笔》《岭南杂事诗抄笺证》《广东竹枝词》《博物志》一气儿那个翻，啥也没找着。

不过本人坚信，资料没找着，并不是因为真的没资料，而是因为读书少兼没找对。书里找不着，去论文里找。

华南农业大学生命科学学院和深圳市中国科学院仙湖植物南亚热带园植物多样性重点实验室有篇联名发表的论文，题为《鸡蛋花植物文化和国内栽培历史》，里面的说法和关键词都有聊得很。一种说法是：七星鸡蛋花茶是广东肇庆的著名特产，在那里的鼎湖山风景区有悠久种植历史，据传始于意大利传教士利玛窦。

“利玛窦于1583年（明神宗万历十一年）进入中国，从海路来，在肇庆建立了第一个传教驻地并传教至1589年，也就是当时新任广东总督驱逐传教士的那年。若鸡蛋花真是和利玛窦一起来的，那么鸡蛋花在我国的栽培历史长达400余年，但此说法并无文字佐证。”

没佐证这事固然可惜，但肇庆市的市花是鸡蛋花，相干不相干地硬是考证了一下，顺便也给我私下纳闷他们何以没选著名特产霸王花做市花的想法解了惑。

另一说法是：“鸡蛋花最早于1645年（清顺治二年）由荷兰人引入台湾，由于易于繁殖而普遍栽培，清乾隆年间，台湾将其定名为贝多罗花。1697年（清康熙三十六年），为采集硫黄矿，郁永河自福建赴台湾，其后所著《裨海纪游》（又名《采硫日记》）文中首次出现关于鸡蛋花（贝多罗花）的记载：‘番花，叶似枇杷，枝必三叉，臃肿而脆；开花五瓣，色白，近心渐黄，香如栀子，宜于风过暂得之，近之则恶矣；自四月至十月开不绝，冬寒并叶俱尽。’此后，有关鸡蛋花（贝多罗花）的记载逐渐增多。”

文献中说，鸡蛋花又名贝多罗花，这是个关键词。

乾隆年间的台湾府知府余文仪，著有《续修台湾府志》，里面考据了一通鸡蛋花，该文名为《木兰花歌（有考）》：“台之草木，……又《使槎录》载贝多罗花云：‘大如酒杯，瓣皆左纽，白色，近蕊则黄’。《采风图考》亦云：‘花外微紫，内白，近心甚黄；土人但称为番花，不知为贝多罗也’。考《拾遗记》：‘贝多叶长一尺五六寸，阔五寸，形似琵琶而厚大’。《寰宇志》：‘贝多结实如椰子’。今所见番花，叶酷似枇杷；其长与阔，皆不及《拾遗记》之半，且有花无实。其非贝多明甚。”

考据完毕之后的结论抒情部分文字如下：“贝多罗花诗已讹，琵琶形似终如何？就中无实难伪托，佛经欲写空槎那。”

此处应集体联想起那个著名的明朝琵琶梗——某友送枇杷给书画大家沈石田，并附字条：“敬奉琵琶，望祈笑纳。”沈收到的却是枇杷，于是回信：“承惠琵琶，开奁视之：听之无声，食之有味。”该友见信也是脾气好，作打油诗自黑：“枇杷不是此琵琶，只怨当年识字差。若是琵琶能结果，满城箫管尽开花。”遂成错别字引发的打油诗名作。

说回鸡蛋花。贝多罗，即是俗称的鸡蛋花，别称缅栀子，夹竹桃科的；贝多，取叶可写佛经，即是贝叶经。

非要摘鸡蛋花的叶子来抄佛经，按说也不是不行，摘芭蕉叶来抄也行的，然则把鸡蛋花叶混淆成贝多树叶，就是犯迷糊。犯着迷糊再写下白纸黑字，那就是给咱们后人刨小坑了，大伙读着读着，不留神就绊一跤。

至于鸡蛋花别名缅栀子的出处，是清代植物学家吴其濬所著的《植物名实图考》。文中说：“缅栀子，临安有之。”文中“临安”查为现在云南省的建水县，离缅甸近。

贝多罗、缅栀子，目前专家们得出的靠谱结论，是鸡蛋花引进我国至少已300多年，并且可能通过两条路线进入我国：一是由荷兰人引至我国台湾，进而扩散至华南地区。二是由缅甸等东南亚国家传入我国西南地区，进而扩散到华南地区。

还有种香花叫白兰花，也很怪，同样四处可见，诗词背书却几乎没有，就算字面上有，也是说辛夷、木兰或者桂花。白兰花别名叫作缅桂花，我还没查出它的来路。

除了说缅甸，缅字还有遥远的意思，比如《国语·楚语》：“缅然引领南望。”

林林总总，花自远方来。从何处来，往何处去。

大热天看得一头汗，很该祭出五花茶。

水仙头共牡丹芽

春节前个把月，是南粤家家要泡水仙头的时候。

明末清初岭南学者屈大均曾写：“冬尽人人争买花，水仙花共牡丹芽。”清末流行的竹枝词里也有：“羊城世界本花花，更买鲜花度岁华。”说的都是年前家家准备年花的事情。

屈大均还说“水仙头，……隔岁则不再花，必岁岁买之”。意思是，水仙开完花，剪掉叶子埋进土里，浇水施肥，憋着让它们在土里好好长胖两年，再刨出来开花。

我试过用盆泥，一年里毫无动静，你也不知道水仙头们在泥底下怎么样了，偶或刨开看看，噢还活着呢没烂，让人感到有些寂寞无聊，不像种别的花草。

水仙花是花市大卖的花，家家都至少买一盆，过年标准配置。发好了的价格都不算贵，可以连盆买。

记得有一年，广州年廿九的中午气温是27℃，那年水仙都开完了，开得一地徒劳，几乎半卖半送，也卖不出去。像一大群美人盛大舞会前的严妆，却是准备得太早，还没开始，妆就开始糊，钗坠、鬓散、裙子皱。能应节的反而奇贵，买家不乐意了，卖家也委屈，弄得一地鸡毛。

网购年代，自己在家泡水仙头纯属是闲的，贪好玩。

那很像是用自己的判断力，去和天气赌一记。

彩头是赌水仙能否在年三十晚上开花，继而初一初二大盛。

其间允许使诈：太阳好就搬出去使劲晒；天气太冷时可以用温水；阴天搬进屋里用灯照。

可以种成一大盆耿直货色，不开花时真像是蒜苗。不能吃，有毒。

手巧的事先用刀划，弄出一盆蟹爪状。

花单瓣的，叫“金盏玉台”，又叫“酒杯水仙”，还有款花白一些，叶稍细，称“银盏玉台”。

网络上卖一种重瓣的水仙头，特地卖得贵些，名为

“百叶水仙”或称“玉玲珑”，其实开出来没单瓣的好看，香气也不如。

有说法称水仙花祖籍是法国多花水仙，原种于唐代从意大利过来，最早的靠谱记载，是唐代段公路的《北户录》：“穆思密尝遗水仙花数本，如橘，置于水器中，经年不萎。”

移民了千多年，如此这般让咱们神州大地种成了中国十大名花。

写水仙花最好的，还是宋代黄庭坚的《王充道送水仙花五十枝欣然会心为之作咏》：

凌波仙子生尘袜，水上轻盈步微月。是谁招此断肠魂，种作寒花寄愁绝。含香体素欲倾城，山矾是弟梅是兄。坐对真成被花恼，出门一笑大江横。

金句迭出，人水仙花除了仙，还有风骨：山矾是弟梅是兄。山矾，也叫山桂花。看一阵就豪迈了：出门一笑大江横。

泡水仙这事，就是让人觉得，你是有多爱过年，提前一个多月就开始兴冲冲地酝酿准备。对啊，我还干了一票更俗的，另外留了水仙头，再隔了两周才泡，打算让它们正月十五再开一批。

雅事俗办，我可擅长了。

辑三

著莨　连翘　马蔺草

朱槿　秋英　山茶花　菠萝蜜

弯弓挂扶桑 长剑倚天外

有一种花，顶着神木的名头，在岭南随处可见，由微服私访而成了长期卧底。

《山海经·海外东经》说：“汤谷上有扶桑，十日所浴，在黑齿北。”《说文解字注》里说：“榑桑，神木，日所出也。”晋代郭璞《玄中记》：“天下之高者，扶桑无枝木焉，上至天，盘蜿而下屈，通三泉。”

按古典文献学博后小洲的说法，《山海经》里提到的扶桑是神木，九个太阳在枝头下，一个在枝头上。至今对扶桑的解释主要有：一、朱槿的别称；二、神木；三、代指东方；四、东方古国名等。

按说神树的气势，得是大乔木。有论文考据说，传说里的扶桑是棉花，扶桑国是墨西哥。可是棉花，草本啊，一两年生啊，就算长成精也成不了神木气概。

现实里的植物，名叫扶桑的，是灌木。

粤人管它叫大红花、佛桑、扶桑。很不稀罕，到处都见，以前小孩子会摘下来撕开花瓣，舔花蕊深处尝尝甜不甜。

到现在，大部分扶桑都被剪成绿篱或球形，只做绿化用。剪过的就不太开花，它们的花都要开在一枝枝的新梢上。

我住的村屋小区里有几大丛没剪的，才得以见到它们开花的盛况：花不妩媚，但确有蓬勃冲天四散之势。

《本草纲目》里说“其花有红、黄、白三色，红者尤贵，呼为朱槿。”

正经的单瓣朱槿现在大家都不爱种，大概因其常见又不媚。

新近的园艺品种，明黄色的单瓣扶桑很醒目，重瓣的叫朱槿牡丹或者扶桑牡丹，正红色和黄色的都漂亮，也就没啥严肃气质。

当然，身为一种到处可见而又严肃的花，这事本来就有些让人难以想象。

槿一族渊源颇深，槿的本意是指开花时间只有一个白天的木本植物，朝开暮落，即是木槿，落叶灌木。槿一名舜，《诗经·郑风》里的“有女同车，颜如舜华”“有女同行，颜如舜英”。

木槿常常种来做篱笆，称槿篱。

粤语里就不说邻居，说隔篱。和杜甫的一句“肯与邻翁相对饮，隔篱呼取尽余杯”丝丝入扣。

有纠结于朱槿和木槿之不同的。

按我看，木槿家族里的红花一族就叫作扶桑，别名朱槿、赤槿，是木槿家族里最出息的一支，界门纲目科属种都一样。

三国魏晋时期的阮籍，竹林七贤之一，写的《咏怀》八十二首里就既说扶桑又说木槿：“木槿荣丘墓，煌煌有光色。”“墓前荧荧者，木槿耀朱华。”“若花耀四海，扶桑翳瀛洲。”

唐代的《岭表录异》里则说：

岭表朱槿花，茎叶皆如桑树，叶光而厚，南人谓之佛桑。树身高者止于四五尺，而枝叶婆娑。自二月开花，至于仲冬方歇。其花深红色，五出，如大蜀葵；有蕊一条，长于花叶，上缀金屑，日光所烁，疑有焰生。一丛之上，日开数百朵。虽繁而有艳，但近而无香。暮落朝开，插枝即活，故名之槿。俚女亦采而鬻，一钱售数十朵。若微此花，红梅无以资其色。

作者刘恂，此刘恂非彼刘恂，和三国刘禅的儿子没啥相干。这位刘恂是唐朝河北雄县人，宋僧赞宁的《笋谱》称："恂于唐昭宗朝出为广州司马。官满，上京扰攘，遂居南海"。

聊到这里忍不住插播——我手里的《岭表录异》是鲁迅校勘的版本，里面一句是"若微此花，红梅无以资其色"。看了半晌没看懂，想想自己的学渣体质，问学霸去了："此处微字何解？"

学霸回复："无，非。"

学渣："可是怎么忽然扯上红梅，有啥相干？如果硬要乱解，会不会是，如果这花小点，就没红梅啥事了？"

学霸斩钉截铁："不会，不通。"

过了一会，学霸发声：“我这有个聚珍本的《岭表录异》：‘若微此花，红妆无以资其色。’”

那时候的姑娘们，买这花是用来戴的。

果然，戴花要戴大红花，学渣学霸大不同。

按说晋代嵇含编纂的《南方草木状》更早，但这本神书“直到南宋《遂初堂书目》始有著录，而南宋以前诸书所引内容又与今本多有不合之处，所以自清末以来便有人怀疑其为南宋高手的伪托”。书里关于朱槿的记载，内容的前半截和《岭表录异》大同小异，后半截是：“出高凉郡。一名赤槿，一名日及。”

私下觉得写扶桑，最猛的是阮籍老师这句：“弯弓挂扶桑，长剑倚天外。泰山成砥砺，黄河为裳带。”后来李白老师也写了一句：“将欲倚剑天外，挂弓扶桑。”

扶桑又名花上花，花上复花。不论是否为神木，弓挂花丛，是光天化日下的睥睨和刀剑气。

假连翘和真连翘

有那么一阵子，我忙着搜罗所有开蓝花、紫花和黄花的植物种到盆里去。

种了也不太管，按偷懒原则，能活下来、花期又长的就继续留着。

一种叫作“假连翘”的特别茂盛，细碎紫花一串串地开满枝，绵延不绝大半年，结的小果子是淡橙黄色，恰好符合在下的配色期待。

蓝紫色搭淡橙黄，人穿成这样属于奇装异服，可一大蓬植物长成这样，那就非常好看。

花很小，指甲盖大的地方可以容得下五六朵，有粉香气。

此地漫山遍野很多假连翘，刚开始种时，我不太稀罕它们，后来花开得实在热闹，却又是密集的蓝紫色冷脸，于是摘几串塞到极小的花瓶里，随手拍几张照片。

自此后，我把它们叫作“花中周迅”。个子小，极上镜。

“假连翘”就是这花正经的中文学名，别称番仔刺、篱笆树、洋刺、花墙刺、桐青、白解，都不算好听。而且它似乎没刺，灌木，我时常去剪旁枝，期待它们长成小乔木形状，没被刺过手；剪下来的枝随手插在土里，它们特别好商量地又长起来。看见过路边种的长成了三米高，仰头看去，一树树紫黄翠绿地婆娑着。

关于假连翘的植物介绍，说是原产热带美洲，中国南部常见栽培，常逸为野生。合瓣花亚纲，管状花目。

这么美好的植物顶着这么个学名，终于有看不下去的，我猜台湾同胞搞了个园艺种，叫金露花，设了个金露花属，别称还叫台湾连翘，看起来是一模一样。

网上植物爱好者们讨论吐槽：“为什么植物的结构或种类中有叫假某某的？为嘛不再起一个名字？”

是啊，同问。我查了半晌植物分类的辞典，没找着具体答案。

大伙自己胡猜的答案是：一、省事儿；二、假某某虽然长得像某某，但的确不是某某。

可是假连翘和真连翘不能说像，真连翘开的是整株整蓬触目的黄。

种假连翘之时，我弄了一株真连翘来种。连翘，别称黄花杆和黄寿丹，合瓣花亚纲，捩花目。我国除华南地区外，其他各地均有栽培，日本也有栽培。所以那株真正的连翘，在岭南最热的时候它挂掉了。

真假连翘，同纲不同目。不同目，特别不严谨地举个例子，放到动物分类里打比方的话，鲸和耗子都在哺乳动物纲里，它们就不同目，鲸属于鲸目，耗子归啮齿目。

同目也不挨着，人和猩猩就同科不同属，对，在动物分类学里猩猩属人科的。猴不是，猴归猴科，狒狒也是猴科。

连翘和假连翘的认亲之路就像蓝鲸和耗子相隔的距离。

再看看自己和猩猩，长期低位盘整的觉悟瞬间就被拉升至要好好珍惜全人类的程度，在高峰地铁里咱们互相拥挤折叠成二次元这事，似乎也不那么烦人。咱们和猩猩的认亲距离完全是一墙之隔，而和全人类的认亲之路，直接就是自己认自己。

爱世人就是爱自己，会不会是因为这么个缘故。

优钵昙花岂有花

邻居家的菠萝蜜挂在树上很久，终于开始发黄，那就是熟了。

他们家常年没人，再不去摘就该坏了。

要去摘下来吗？看得本人一脸嫌弃。

菠萝蜜，粤人叫它“大树菠萝”，原本的字应该是“波罗”，和大家熟悉的长成放大版手雷似的草本菠萝，真没半点关系。

小时候吃过，不爱那个味道，吃完果肉剩下大堆的核可以拿去洗了煮熟继续吃，吃下去嘴里全是夹生米饭味。

菠萝蜜巨大，重的几十斤，轻则十斤八斤，要吃须得纠众。

菠萝蜜打开之后的状况类似开榴莲，果肉也分干苞和湿苞，干苞的甜，湿苞的有甜、有不甜。

吃完才是真正麻烦的开始，菠萝蜜的汁粘在刀上、盘子上和手上，完全就是个狗皮倒灶效果，大费周章洗不掉。请自行想象柏油、沥青、502胶水和麦芽糖泛滥的情景。

粤谚“会吃滑溜溜，不会吃汗流流”说的就是这玩意：要预先在刀上、手上和盘子上抹油，时至今天，则需一次性手套和保鲜膜之类上场。

如此这般折腾，可它真没好吃到值得这样，换成榴莲还差不多。

它更像是从前遇到饥荒时能解决问题的一种储备。

要说，大树菠萝确是奇葩果类，现如今岭南园林里种它，大都是因为它常绿，并且越长树型越好看。而想让它结果，专家的建议是“树干、主枝上进行树皮环剥或环割，使养分更多积累于地上部枝干上，促进抽发结果枝开花结果”，简单粗暴的说法：砍它几刀。一直觉得匪夷所思，后来也找了个出处：“若不实，则以刀斫树皮，有白乳涌出，凝而不流则实。一斫一实，十斫十实，故一名‘刀生果’。”

真是奇异的存在。

菠萝蜜还叫作木菠萝，冷的地方不结果，所以在记载里大多被当作志异。

段成式的《酉阳杂俎》里说到了菠萝蜜：“婆那娑树，出波斯国，亦出拂林，呼为阿蔀𫔭。树长五六丈，皮色青绿，叶极光净，冬夏不凋，无花结实。其实从树茎出，大如冬瓜，有壳裹之，壳上有刺，瓤至甘甜，可食。核大如枣，一实中有数百枚。核中仁如栗黄，炒食之，甚美。”

在这本晚唐金光灿烂梦魇般的书里，有到了晚上就会飞来飞去的婢女人头，有老虎目光化成的琥珀，在仙佛、鬼怪、道妖和隐僻诡异共冶一炉的密集异闻里，菠萝蜜被相当写实地藏在其间。

菠萝蜜别名很多，古籍笔记和志异里它叫作婆那娑、阿蔀𫔭、曩伽结、优钵昙、波罗蜜，它来的地方干脆就叫作波罗国。有人考据说，波罗国是8至12世纪统治印度东北部（今孟加拉国和印度比哈尔邦大部）的一个重要王朝。

宋人方信孺的《南海百咏》说："南海东西庙各有一株，樛枝大叶，实生于干，若瘿瘤然。有大如瓠，庙官每岁于九、十月熟时，取供诸台，其他莫敢过而问者。以蜜煎之，颇为适口。相传云西域种也，本名囊伽结。"

明末清初屈大均的《广东新语》说："波罗树，即佛氏所称波罗蜜，亦曰'优钵昙'。其在南海庙中者，旧有东西二株。高三四丈，叶如频婆而光润。萧梁时西域达奚司空所植，千余年物也。他所有皆从此分种。……其实不以花，成实乃花，然常不作花，故佛氏以优钵昙花为难得。……广南无花之果，若古度子，若猕猴桃，若杨摇子，凡有三四种，以波罗蜜为大。"

清人印光任、张汝霖撰写的《澳门纪略》中有"波罗树"词条，注释说："今南海神庙前一株最古，萧梁时西域达奚司空携种入中国者，一名'优钵昙'，无花而果"。

南海神庙迄今矗立，也就是菠萝庙，又称波罗庙，位于广州黄埔庙头村。始建于隋开皇十四年（594），距今

1400多年。

那其实是古代祭海的场所。

据考，南海神庙附近的古码头，是“海上丝绸之路”公认的起点之一。自隋唐始而至宋元明清一路过来，南海神庙及邻近的浴日亭都稳居“羊城八景”之一。

每年的“波罗诞”仍然是全城盛事：这应该是广州乃至珠江三角洲地区民间最大的祭祀海神活动，已经延续千余年，正规名称叫作“南海神诞”。南海神庙的庙会在每年农历二月十一至十三举行，农历二月十三是“正诞”。民间就叫作“菠萝诞”或“波罗诞”。

凡见有人手里举着“金菠萝”“菠萝鸡”“菠萝粽”和亮闪闪的“祈福风车”，就知道是去过了菠萝庙。就可惜时日久远，不问究竟的大伙儿把菠萝和波罗混在了一处。

波罗庙海祭盛事的起因，说起来好像是个匪夷所思和悲伤各占五成的故事：

镜头一：“相传波罗国有贡使，携波罗子二，登庙下种。”

镜头二：“风帆忽举，舶众忘而置之。”

镜头三：“其人望而悲泣，立化庙左。”

镜头四：“土人以为神，泥傅肉身祀之，一手加眉际作远瞩状，即达奚司空也。”

镜头五：“庙以故及江皆名波罗。”

镜头六：“庙外波涛浩渺，直接重溟，狮子洋在其前，大小虎门当其口，欠伸风雷，嘘吸潮汐。舟往来者必祇谒祝融，酹酒波罗之树，乃敢扬帆鼓柁，以涉不测。”

那啥船长，贡使还在搞绿化仪式还没结束哇，怎么给丢下就起航，贡使哭死了你们知道不……

继悲伤故事之后，貌似还刨出了个别的故事。

文豪苏东坡有首诗《赠蒲涧长老》，开头就说：“优钵昙花岂有花，问师此曲唱谁家。”

蒲涧寺，原本是广州白云山上历史最悠久的寺院，位于原蒲涧上游，现在没了。

这诗不太出名，但说到的优钵昙，就是菠萝蜜，菠萝蜜也看不到开花。

可是呢，杭世骏所著的《订讹类编》卷六“优昙钵”条里把这句给校对指正了一下：

《法华经》："佛告舍利佛如是妙法，如优昙钵花时一现耳。"《太平寰宇记》："广州产优昙钵，似枇杷，无花而实。"盖蒲涧寺在广州，故公用此。但止有优昙钵花，未闻有称"优钵昙"者。意公失于检点，因平仄相协，不觉有误，遂不起疑，与《追和戊寅上元诗》："石建方欣洗牏厕"，本系"厕牏"，一时少加查考，故致误耳。

看得颇想和杭老师打个商量：咱们大岭南是有优钵昙的，就是大树波罗；佛经里说的优昙钵，咱们也是有的，果实的确像枇杷，学名"聚果榕"。

优钵昙和优昙钵，的确看起来是个坑，可这两样较真起来，还真是都有。所以，苏东坡老师这句，未必就是笔误。

当然，特别不要紧的是，反正它们开花你都是见不着的。

薯莨故事和南霸天行头

有一年台风多，来了好几回。

其他地方入秋后夜凉如水时，粤地的秋天，还不如称为更老辣的夏天。

在清代关涵的《岭南随笔》抄了这段，打算以后央字写得好的损友正经写好裱起来：“越地阴阳多不得其和，三冬恒暖，即冷亦不过数日，至立春后，反有奇寒。盛夏亦热，入夜便解，至立秋后反有奇热，俗所谓春冷于冬，秋热于夏者也。谚又有之曰：‘四时皆夏，一雨成秋。’”

说得对啊，对得我恨不得和一百个人聊这事。

夏秋之间，一场又一场的台风雨之间，天气由晴到闷，晴时太阳当头，全世界曝光过度，足让人明白何谓炎帝，何谓威猛。

云层一日厚过一日，路面湿气、热气沆瀣一气，但凡人在户外，衣物瞬间汗透，湿漉黏腻贴在身上，换几身都不顶用，像是身陷一锅粥。

全城翘首等风来，可风有时来，有时不来。台风来时的狼藉没人喜欢，可身处粥锅，也只好凉快一时是一时。

闷热成这样，直似雨神怀孕，都说等娃儿生下来就好了，结果有几回预告的台风半路转了方向，大家简直失望得像白白热了一场。

汗湿至一日换下三五套衣物之际，忽然记起岭南度夏神物香云纱，顺带想起薯莨。

薯莨，薯蓣科薯蓣属。藤本，藤缠树的藤，回旋缠绕，拉直了来量，能缠20米。

追根溯源，地里长出来的块茎里，含着像血的汁液。

所得的别名叫作赭魁、血母、朱砂七、红孩儿、红药子，像个旧版故事，背景音乐配着二胡奏的《江河水》。

能祛魅的别名则很老实，叫作染布薯。

明末清初的《广东新语》里说：“薯莨，产北江者良，其白者不中用，用必以红，红者多胶液，渔人以染罛罾，使苎麻爽劲，既利水又耐咸潮，不易腐”，“更或染以薯莨，则其丝劲爽可为夏服；不染则柔以御寒，粤人甚贵之，亦奇布也。谚曰：‘以罾为布，渔家所作，著以取鱼，不忧风飔。’小儿服之又可辟邪魅，是皆中州所罕者也。粤布，自禹贡始言，迁、固复言，官其地者，往往以为货赂。”

而《南越笔记》里说的，则发挥成了玄幻：“薯莨胶液本红，见水则黑，诸鱼属火而喜水，水之色黑，故与鱼性相得。染罛罾使黑，则诸鱼望之而聚云。”

罛和罾，都是渔网的意思。

志异和玄幻说了半天，他们最终要说的主角都是香云纱。

薯莨汁早先是渔民用来浸渔网，浸过后渔网耐咸水、耐潮，继而衍生用来染布，染鞋的则是天才，弄出来的是防水鞋。继而就是用来染丝。粤地还把这叫作薯莨绸，黑胶绸，暗沉黑亮，一整套衣裤穿出来，粤谚谐称“全副酸枝枱椅着出街”。

让全国人民对全套香云纱行头有印象的，大抵都在以前的电影里，例如南霸天和他的爪牙老四；而洪常青假扮的南洋商人，其实也应该穿上那么一套，因为无论身处南洋或岭南，穿着全套白西装都会热得中暑。

清初即成岭南神物至今的香云纱，据载，它大行其道的一个时段是抗战时期，为着怕飞机轰炸时目标太鲜明，所以什么都涂保护色，穿白的很容易暴露，于是粤地上至官员下至平民，大热天里都是“黑胶绸衫裤一套，凉鞋一双，不冠不袜”。

你看，其实啊其实，穿香云纱行头的还是好人多。这个星球上的家用空调要等到1928年才开发出来，在此之前之后的很长一段时间里，香云纱都是高温高湿的岭南暑月标配。

几百年来一直都算是奇葩衣料，崭新的时候像足料黑色塑胶布，用现在的话来说，只能是做成廓形款式，总之不贴身也不能贴身。

而且新衣黑亮，穿出去特别像是奔走相告乡里乡亲这人刚发了笔财。要到半旧时，才顺眼和随身，老一辈说有钱人家会让仆人先穿。听起来就是今天的做旧洗水效果。

后来有人考据香云纱时，还得了结论，说这样的廓形不沾身衣物穿在身上时，形成了空气流通和小型风洞效应，堪称是自带简装空调。

当然，潮热之下一切贴身物事都是给自己找虐，汗湿之后贴身的也是。按说暑天穿丝麻舒服，可汗湿之后仍旧贴身，而经薯莨汁反复浸染，再加后续工序处理做出来的香云纱，确切是符合要求的特定区域进化版。

香云纱衣物的中老年标签特别严重，私下猜度是穿着舒服，但没型。结果穿出来大都像老地主和地主婆。

其实没型和廓形的衣服，都只有瘦成一溜烟儿的人穿着才好，可还是有穿成个瘦地主和账房先生的风险，看起来似乎是殚精竭虑才得那么一丁点滋润和少许宽裕的样子。人生真是不容易。

那就只剩个舒服了。

孩童时代仍见过很多阿伯阿婶和阿婆穿香云纱。印象里见过阿伯或是阿婆，在街边用个脸盆洗他们的行头：只需清水漂干净晾着，很快干，但既不能使劲搓，更不能下洗衣粉。

不耐洗衣粉的，是香云纱里的丝织成分吧，浸过薯莨汁的渔网，可是连海水和烈日都耐。浸过薯莨汁的丝胚布，则“其丝劲爽”。

听来听去，主角永远不是薯莨。

配合出演的范围太过特定，貌似连最佳配角奖也未必拿得到。

说起来倒像是，人们早年阶段的某些个前任。

秋英和秋香

一群玩网络游戏的人在做任务，要查中医药名谜底，谜面据说是曹操出题考华佗的一首诗：“胸中荷花兮，西湖秋英；晴空夜明兮，初入其境；长生不老兮，永世康宁。”谜底是穿心莲、杭菊、满天星、生地、万年青、千年健。

看着觉得不靠谱，这诗写得实在有点啧啧，于是直接请教古代文学博后：“这瞎编的野史吧？”

基本上是。

作为回馈，拍了张照片发给美女博后：“植物学教授掉坑里了。”

有本考据中国外来植物史的专业书，把“西湖秋英”这句给考据了，得出结论说秋英约在公元2世纪就被引进神州大地，“可肯定当时的杭州西湖畔已有秋英菊栽培”。

这真是哪里和哪里。

植物典籍里，秋英指的是波斯菊，另外指的是秋英属植物，有二十多种。

要说杭白菊的话，那不是秋英属，是菊属。

这世界坑那么多，甲在说象棋，乙在说围棋，他们俩又还以为是在一处讨论飞行棋。

又或者是，人就随便抒个情，你怎么就当真。

植物辞典里说的秋英很严肃：一般指波斯菊，别名大波斯菊、秋英。植物界，被子植物门，双子叶植物纲，合瓣花亚纲，菊目，菊科，管状花亚科，向日葵族，秋英属，波斯菊种。一年生或多年生草本，高1–2米。根纺锤状，多须根，或近茎基部有不定根。

很像报户口和身份证，凭你是谁都一脸呆和懵。

抒情字典里的秋英则是美图秀秀版，引证解释秋花，基本上都在说菊花：“桥头策杖者谁子？幅巾潇洒携秋英。”“莫把秋英等闲看，商山芝草首阳薇。”

形容兰花像菊花的，“青葱春茹擢，皎洁秋英堕”。

说五月菊的，“秋英忽夏发，宛在阿戎家”。

这，阿戎是谁？他家经纬度多少，岭南春节时分连盆买的菊花，五月份可以开第二茬。

按抒情字典里的逻辑，那么秋香该是菊花香了吧？

也不，随他们高兴。

可以说菊花，唐代郑谷的《菊》：“露湿秋香满池岸，由来不羡瓦松高。”

可以说桂花，唐代李贺的《金铜仙人辞汉歌》：“画栏桂树悬秋香，三十六宫土花碧。”

可以说是一种桂花的名字，宋代王十朋的《诗序》：“与万先之登丹芳岭，路人有手持桂花者，戏觅之，慨然相赠，且言欲施此花久矣，又言花名秋香，一名十里香。”

还有你非说是啥都有点道理的，元代白朴《乔木查·对景》：“蝉声咽，露白霜结。水冷风高，长天雁字斜，秋香次第开彻。”

当然，民间最著名的秋香是美人，唐伯虎娶回家去了。

而实际些的打算，在岭南种四季桂，比种菊花要香得长久和省心。要抒情也行：“人闲桂花落，夜静春山空。”

四季桂在岭南花盛时，是别处的冬天时分，一路开到入夏前，是经常会有的事情。

深秋闷香盆架子

中秋过后，一场冷空气外加两场台风，这仨前后努力了一周，岭南气温终于从36℃降至26℃。

北方友人说他们那里低温却又未到供暖日子，屋里冷飕飕，这段时日最是难熬。

身处高温一头热汗的人听得置若罔闻，我这热得还趴在网上打算找香云纱行头，即便汗湿起来不至于衣服还黏搭在身上，否则热兼狼狈，一地鸡毛。

江南西南友人一片幸福之声，满城桂花香。

隔着手机就知道了那边已经是夜凉如水。

桂花甜香，一阵阵馥郁不期而至，即刻、马上，欢欣愉悦，前尘皆忘。

这种香气或可以叫作“眼前欢”，一闻之下，前半生求不得的神仙姐姐即刻回归九霄云外，梦醒时发现早已和邻家妹妹儿女双全，真是什么都没耽误的踏实和幸福无忧。

广东要闻到桂花香，通常是十一二月，春节前后最盛，可以一路开到立春之后。

王维那句“人闲桂花落，夜静春山空”，说的大概是岭南这边的四季桂。

而粤地在桂花香之前，大伙要忍受好些闷香，或者说，臭香。

比如说九里香。

前几年我家阳台忽然多了一盆巨大的九里香。后来钟点阿姨说，她去帮忙的一户人家不要这花了，她觉得可惜，直接搬到我家来。

脑补了她独力把花搬下楼、搬上板车、运到我家楼下、再搬到阳台的过程，我佩服了她很久。

直至那年中秋后的一晚，热风吹过时，忽来一阵闷香兜头迎面罩下，堪比成了规模的气味暗器。跳起来去追根溯源，发现那巨大的一盆尽职尽责地开出满满当当的花。

幸好小区邻居有位美人极爱这花，宾主尽欢地马上转送；后来，听说她家的比熊犬也爱这气味，每逢花开，小狗就蹲在花盆下。如此，各得其所。

九里香种在户外远远闻到气味时，倒没那么浓烈，有时散步路过别家绿篱，飘来一阵牙膏味，辨一下会说，九里香哦。

还有种闷香，是大名鼎鼎的夜来香，也是臭香。不过夜来香的花苞是好东西，夜来香花苞不臭。怀旧粤菜里的冬瓜盅，没有夜来香花苞的话，不算正宗。

再有种天怒人怨的臭香，当属盆架树开花。

盆架树长得快，形状也不错，树形一层层，据说像古人用的脸盆架子。

也有说像灯架的，赠名“灯架树”。

很多人叫它们糖胶树，因为树汁浓稠，可以提取口香糖原料；而木材可以做黑板，又叫“黑板树”。

听起来是一场你叫它啥都行的命名活动。

十年八年前，两广地区种了不少这玩意做绿化树，直至它们开花，大伙就炸了锅。

盆架树开花是满树绿花，那气味，前半秒是香的，后半秒腥闷接踵而至，属于躲不掉的天上一脚、地下一脚之怪香。要臭差不多一个月。

“那南风吹来清凉”，歌词里说的是江南吧，岭南的秋天若想清凉，得盼着西北风。

潮暖的南风里，一堆臭香的花像是约好了还是怎么地，花臭四溢。

幸好还有姜花和茉莉。

美丽异木棉

这是个高频词。

近年每逢十一二月直至春节，路边就有花树，一群西施似的，让人无法忽略。

年年有记性不好的人问，这是什么树。年年都答：美丽异木棉。

人家中文学名就叫这个。

别称美人树，美丽木棉，丝木棉。

反正就是美，像有首歌词：“你这么美，你这么媚这么美；你这么美美美妹妹，你是寒冬里的花蕾，你是西施搅乱了春水。”

确是冬天里开花。特别备注：热带和亚热带里的冬天。

勉强算是妹妹，我们都管它叫红棉的妹妹。

这树和四五月开花的木棉很像，和木棉同科，不同属和种，然而开完花都在树上挂手雷，那是它们的蒴果，之后爆开，飘散出棉絮，里面携着种子。

和木棉开花的雄壮阵仗比起来，美丽异木棉就是美丽，既密集又散漫的一树粉绯色，细看花心还缀着混有咖色的金菊、斑点。一株有一株的触目，一排有一排的哗然。

它原产南美洲，换而言之，在两广和福建、海南、云南和四川都可以种起来美一美。观花乔木，“也是庭院绿化和美化的高级树种，可用作高级行道树和园林造景”。

专业做园林绿化的同学对该则资料说明表示异议：美丽异木棉可不高级，明明属于低级品种。

所谓高级，大概意味着当时得势和不便宜?

实际上气候对了，过得几年就长势喜人，有啥高级不高级；气候不对活不下来，再高级也没啥用，这可是一点办法都没有。

大抵是花期要长，要开得够漂亮。

黄花风铃木属于花期短的，可是开起来触目的漂亮，也是近年种了大家都夸的树。

过时被嫌弃的，印象里有糖胶树，每到花期，那天上一脚、地下一脚的闷腥怪香，两广人民对此怨声载道。

网上有人解释过，说长得快、成本低。相当怀疑这就是绿化方案当事人。闻着怪香，很想隔空揪出这人，用糖胶树花把他埋起来一小时。被投诉的还有石楠花。

再有被嫌弃的是琴叶榕和橡皮树吧，它们站在马路边，硕大的叶子满是尘土，下大雨也冲不干净，兼且长得粗枝大叶，真是一塌糊涂。

至此有点明白园林设计师缘何大都偏好枝叶秀气的树。有限空间里，大叶子们不耐看。

总归是人族事情多，年年扰攘这扰攘那。

倒不是植物们的错，它们该长啥样还长啥样。

放到美丽异木棉身上，也可以说成“美得本来不关你事”，然则哗然之后，继而转念想想，一年又去，一年又来。

马蔺草：是我老猫在说话

有种神草，岭南没有。

大抵凡是高湿、酸性土壤的地方都没有。

神草学名马蔺，鸢尾科鸢尾属多年生草本宿根植物，是白花马蔺的变种，多年生密丛草本。

耐高温、耐干旱、耐水涝、耐重盐碱。

本着耐碱的植物通常就不耐酸，耐干旱就不耐潮湿的原则，我猜岭南没有这植物。

马蔺特别皮实，据说在强旱强风沙的无人区，啥植物都不长，只有马蔺草能活着。摆明了就是极限生存挑战赛的大赛冠军，所有杂草都能被它熬死。

到了有人区，还耐践踏，“尤以过度放牧的盐碱化草场上生长较多”，荒地路边各处更不在话下。

马蔺的神奇之处还在于它们基本上没有病虫害，兼不受鼠害，耗子们也从来不到马蔺草地打洞筑窝，原因是它们会分泌点啥，能驱虫驱鼠。基于这个杀招，它们和其他植物混种在一处，也能提携着左邻右舍们都没啥病虫害。

听起来就是用来绿化和改良荒芜之地的好宝贝，再附送个惊喜，你只要搞定最初的植被形成，就啥都不用再管，妥妥地一劳永逸。

如此蛮强的植物，但愿它们不要跑到你院里田里，否则有得忙。

之所以说起马蔺草，基于童年看过的儿童剧。马蔺草别名马莲、马兰、马兰花、旱蒲、马韭，最出名的别名是马兰花。

《马兰花》是出教育娃娃们要勤劳不要懒惰的话剧，后来还拍了动画片。可惜小娃娃里总有喜欢反派角色的，比如在下至今记得的台词，就是：“马兰花马兰花，风吹雨打都不怕，是我老猫在说话，请你现在就开花。”而正确咒语，是“勤劳的人在说话”。

当其时，娃娃们啥都不懂但看得相当高兴，到了现在看，倒是看出诸多少儿不宜。

故事里说，有家孪生姐妹长得一模一样，却是一懒一勤。大兰懒，没事老抱着老猫不干活；小兰勤快。妹妹嫁人后，两口子勤劳肯干，丰衣足食，回家探亲大包小包。犯懒姐看了不爽，老猫教她，说妹子有棵马兰花，是宝贝，对花许愿就可以心想事成。

懒姐懒猫合伙谋算妹妹的花，不小心把妹妹弄河里淹死了。妹夫来找，懒姐懒猫只好冒充妹子跟着回家，在妹夫家里进行了各种干活劳动改造，勤劳程度积分达标，神奇的马兰花冒出来了，懒姐许愿，赶紧让妹妹活过来。

小时候看得欢乐的儿童剧，长大之后再复述，已经荒腔走板，成了奇幻复活、姐妹易嫁和半截子角色互换。

现时家里有只老猫，在它要求吃猫罐头的时候，我估计它是念咒的，不然人怎么会明白它是在强烈要求开罐头。

红千层和朱缨花

在广州，中秋之后到惊蛰前，是种花种菜的好时候。

天气过了最高温高湿的时段，昼夜之间好歹有点温差，蚊虫也没那么凶悍。

我一同学，专挑冬天的时候吃菜心，说这菜人喜欢吃虫也喜欢吃，夏天的时候，这菜肯定要喷农药，不然早让虫子吃干抹净，哪还轮得到人吃。

听起来她是和虫子达成了错峰吃菜的和谐。

我不太肯种菜，本能地觉得种菜比种花要更费工夫。

多大的压力啊，菜种子撒下去，一堆人惦记着要吃，万一歇菜了，小沮丧之余还被群嘲。

这么懒的人既然打算种花，也肯定不乐意种需要精心呵护、用汗水浇灌的花，恨不能挑出来的都是种下去就能活能开一大片的花，而且要开的时间长，用开水浇灌都依然灿烂。

前几年临近春节时，我去大夫山闲逛，看到路边一丛丛开得热闹的毛茸茸花，像极枝头挂满了红色瓶刷子，又像挂满大鞭炮，我便嗷的一声开始四处打听这是啥花。

理由么，路边的花肯定不怎么需要用汗水心血浇灌，它们还开得这么有气氛。

这花叫作“红千层”，还叫瓶刷子树、红瓶刷、金宝树，桃金娘科的常绿灌木或小乔木，喜温暖、湿润气候，能耐烈日酷暑，原产澳大利亚，冷的地方种不了。

可是等打听完毕，也不打算种了，我看到了它们花盛之后那些绒毛凋谢兼蒙尘的状况，实在像在污水里泡过又乌漆墨黑地被晾干。

后来在山里的小区再见到朱缨花，比红千层美，成群地开着圆球形的毛茸茸，被用来做篱笆。俗称“红绒球”，豆科的，含羞草亚科、朱缨花属，又叫红合欢、美洲合欢，原产于美洲热带和亚热带。同样不需要怎么打理，它们在岭南长得特别自在。

还是因为花谢时挂着枝头的凋谢之状，所以没怎么见有人在花园里种它们。

想起有个久远的美人，取了个艺名叫朱缨。

香港二十世纪五六十年代著名歌手、演员顾媚在回忆录《繁华如梦》里写：

> 我与赵无极有着超过半世纪的深厚交情，原因是他的第二任太太陈美琴是我的小学同学兼世交。美琴曾以‘朱缨’的艺名拍过电影（只拍过一部《济公传》）。……她家有九个姊妹，名字最后一个字都以琴字作排，九个琴都是美女。美琴排行第七，人称七琴。……七琴与我特别投缘，我们从小学开始直至她自杀离世时都保持着深厚的友情和联系。
>
> 美琴命运不济，是个可怜的薄命红颜。她早婚，产下一子一女就离异了。虽然追求她的人很多，却没有一个是真心的。她数度遭人抛弃，像一朵飘零的落花。美琴患有潜伏性的精神病，受了刺激就病发，常无故地大哭大笑。她的病时好时坏，我也爱莫能助，只怨上天待她太残酷了。就在此时，她认识了赵

无极。……

后来美人还是病发，41岁就离世，儿子也遗传了精神疾病，住在香港青山医院。

和朋友闲聊，她唏嘘说是不是疯美人都特别美。

我说，也许还有一个可能，如果不是美得能让人不顾一切，就未必能传下后代来；或者大家就没那么注意，没那么惋惜。

说起来也真是不够悲悯，没啥心肝。

人人都喜花好月圆。就是要等到岁数大了，才隐约有点明白在庭院里种花，连花谢时好不好看都要计较，是什么缘故。

山茶花种种

人说茶花花期长，可以陆续开半年，大概说的是江南地区。

在岭南能开两个月就了不起。

早三两年自己胡乱种花的时候，没打算种山茶花，印象里它们在粤地春节前三两个月开始结花苞，比起其他花，是十月怀胎的架势，憋到春节前才陆续开。广州的春节花市卖大盆茶花是桩生意，可我疑心这不太赚钱，这花耗肥，大抵是由本土和广西福建各处货车运来。茶花通常用大盆，城里人还喜欢说，太重搬不动，你包送到家就买——我没干过这事，连这也嫌麻烦。

儿时小仲马的《茶花女》故事风靡："的确，玛格丽特可真是个绝色女子。”此处省略细细描述两页纸。

“一个月里有二十五天玛格丽特带的茶花是白的，而另外五天她带的茶花却是红的，谁也摸不透茶花颜色变化的原因是什么……除了茶花以外，从来没有人看见过她还带过别的花。因此，在她常去买花的巴尔戎夫人的花店里，有人替她取了一个外号，称她为茶花女，这个外号后来就这样给叫开了。”

那时候小，看了这种故事只觉莫名其妙和不耐烦。

再大一些，看金庸的《天龙八部》则高兴很多。书里说太湖边上有个曼陀山庄，王语嫣她娘王夫人在里面只种茶花不种别的，又因为不懂，种得实在不怎么样。段誉口若悬河聊了半天山茶花名种，从“十八学士”开聊，细数“十三太保”“八仙过海”“七仙女”“风尘三侠”直到“二乔”。

最后聊飞了：“白瓣而洒红斑的，叫作‘红妆素裹’。白瓣而有一抹绿晕、一丝红条的，叫作‘抓破美人脸’，但如红丝多了，却又不是‘抓破美人脸’了，那叫作‘倚栏娇’。夫人请想，凡是美人，自当娴静温雅，脸上偶尔抓破一条血丝，总不会自己梳装时粗鲁弄损，也不会给人抓破，只有调弄鹦鹉之时，给鸟儿抓破一条血丝，却也是情理之常。因此花瓣这抹绿晕，是非有不可的，那就是绿毛鹦哥。”结果王夫人听了大怒，认为是说自己粗鲁，把段誉弄去养花。

纠结的考据癖们说，现实里的“十八学士”说的是花瓣轮数而不是颜色，茶花别称曼陀罗花可能是谜团，现实里的曼陀罗花浑身是毒，可以用来配制古方麻沸散。至于“昼夜六时，天雨曼陀罗花”里的花雨，下的是山茶花还是曼陀罗花，尚需抬杠讨论一阵。

山茶花粉丝众多，现实版本的茶花女传奇是香奈儿，完全碾压小仲马故事里凄凉美人。好奇过香奈儿的山茶花具体是哪一种，后来作罢——因为如果品牌不说，很难考据出具体是哪一种：山茶花原本是中国本土品种，十七世纪传到欧洲后大受欢迎。经全球茶花园艺粉丝共同努力，把花园里的山茶花品种从字母A一路列到字母Z，培育出了琳琅满目两千种。

粤地有种稀罕山茶花，1985年发现于广东阳春，杜鹃的叶，山茶的花，四季开花，最古老的茶花品种之一，当时是广东省特有的“国宝级”珍稀濒危植物。这花叫作

“杜鹃红山茶”，也叫“张氏红山茶”，现在估计不濒危了，花贩们还把它叫作“四季红山茶”。

论坛上流传有这花的命名八卦，说这花的正名如何抢先一步使“张氏红山茶”成了异名。看着真眼熟啊，继续查了一通，决定把这个八卦记下来发给确凿的某大学这个阶段植物专业的同学看，另外，再自己种一株张氏红山茶。

辑四

夜合 绣球 龙船花 忽地笑

槟榔 沉香 黄花风铃木

春夏花

春天来时，有春雷。

南国的春雷风格每年不同。

印象深的是有一年半夜劈了个大雷，继而隆隆，之后又劈一个大的。本人算睡得沉的，被惊醒后愕然，这得是清明前后的雷吧，老话说这是“掘尾龙拜山”。

掘字在粤语里还有一个意思，指钝，非锐角。拜山的意思，是清明祭祀。

粤地拜山是大事，大得那段时间天上劈个雷、下场雨，都说是龙族在拜山。

立春之后的第一声雷，一般是在惊蛰前后：“微雨众卉新，一雷惊蛰始。”

有年的春雷来得稍迟几日，风过时既潮又暖兼软，全无方向地吹了好几日，演示了若干场春风化雨，雷才在一个早上过来，是滚着来的，由远而近再远，似小规模组团路过。

那么清楚过程大抵也是闲的，那天我正巧在阳台上试图假装成一棵树，学习静心体验自己不存在。估计是装得实在没质量，过路的雷都懒得劈我。

云层厚，开始了阴天背景下的时雨时晴，时暗时明。窗外开始看得见手指大小的鸟在蹦跳，也许是刚孵出来的。

全城的人继春节花市之后开始了又一轮赏花，羊蹄甲、风铃木、刺桐花、木棉花和中国樱……各种草花也开始遍地出现。冰箱里的腊味尚有存货，说话间就到了春韭荞菜炒烧味时分，再赶着吃几趟清明虾，又该忙着吃端午粽子，那就夏天了。

春光大好，南北朝诗人鲍照有首《代春日行》："献岁发，吾将行。春山茂，春日明。园中鸟，多嘉声。梅始发，柳始青。泛舟舻，齐棹惊。奏《采菱》，歌《鹿鸣》。风微起，波微生。弦亦发，酒亦倾。入莲池，折桂枝。芳袖动，芬叶披。两相思，两不知。"

满是一派江南的温柔和俏。翻成现在的大白话，就是则言情小品文或情书，虽然已经很白：我要出门去玩了啊，天气好好鸟叫花开，然后划船唱歌喝酒什么的干了很多事情，这个那个东指西指，然后撂下最后那么一句。

其实比画半天，只为最后一句："两相思，两不知。"将始未始间，是春天。

至于为什么说的不是岭南也不是北方，理由也简单：北方这时候还在融雪吧，而岭南，正月十五就可以家家扔桃枝，桃花都快开完了。

还真是，你看见雪花飘时，我这里春夏时分，彼穿貂，此露腰。

文科生抒情 理科生抬杠

三四月间，岭南地区各处羊蹄甲尽数开花，开成满目白昼焰火，开得全城如云似雾，开得像潜伏多时忽然全线冒出，沿街载歌载舞。

羊蹄甲们的欢庆仪式稍歇，木棉登场。

木棉又叫红棉，最漂亮的木棉花开起来正红色，虽然它们大多数是橙红色。

它还有个别名叫“攀枝花”，也叫“英雄树”，大乔木，够年头的木棉树可以长到二十多米高，壮硕，挺拔，舒展，的确是生来就自带主角光环的树。

大英雄的造型还是受欢迎，木棉花除了是广州市的市花外，还是攀枝花市的市花。其身兼的代言责任不少。

红棉开花时不见叶，枝干挺拔巍峨，缀满拳头大的花朵，花落时斤两十足。有好几趟，我看着落地的花犯嘀咕，这一朵的重量起码有半两吧？捡回家去晒干，是五花茶里的一种，说是能祛湿。旧时说五花八门里的“五花”，也有木棉花一份，寓意治病的行当。

最早称木棉为“英雄”的是清人陈恭尹，他在《木棉花歌》中形容木棉花“浓须大面好英雄，壮气高冠何落落！”陈恭尹，又号罗浮布衣，广东顺德龙山乡人，清初诗人，与屈大均、梁佩兰同称“岭南三大家”，又工书法，时称“广东第一隶书高手”。

晋代葛洪《西京杂记》里说，西汉时南越王赵佗向汉帝进贡木棉树，“高一丈二尺，一本三柯，至夜光景欲燃”。

葛洪是谁？大号抱朴子，三国方士葛玄之侄孙，当时人称“小仙翁”。曾受封为关内侯，名著《肘后备急方》。大岭南的罗浮山之所以出名，因为那是葛洪当年隐居炼丹地。

对了，据报道，诺奖得主屠呦呦说，她是在东晋葛洪的《肘后备急方》一书中看到“青蒿一握，以水二升渍，绞取汁，尽服之”的说法，才恍然大悟不能加热青蒿。

葛洪的老婆鲍姑，晋代广东南海太守鲍靓之女，著名女神医，善艾灸：“每赘疣，灸之一炷，当即愈。不独愈病，且兼获美艳。”人称鲍仙姑，至今在广州越秀山下香火鼎盛的三元宫，最早可是她修道行医的地盘。

这对神仙伉俪说起来都是原籍江苏，却和岭南有颇深的渊源。

琢磨半天，西汉年间那么大的木棉树，当时怎么全须全尾从广州运过去西安的？换个想法，则是木棉树相当经得起折腾。

木棉开花落尽之后，满树就开始挂着手雷般的物事，叫作蒴果，再过一阵，满树新绿，开始飘絮，絮里裹着小小黑色的籽，风过时滚动速度挺快，想捡还得追着跑。以前的阿婶们除了捡木棉花回家，棉絮也有人捡，说是收集回去做枕芯。

和粤地大有渊源的传说还有木棉袈裟。说是在南北朝时，达摩奉命来到中国传播佛教，就带着木棉袈裟，原本是释迦牟尼的金缕袈裟。

在一篇名为《广州历史上的木棉》的考据文章里说，

古代称为木棉的有三种植物：

一种是红瓣黄蕊，枝干高大的攀枝花，即今两广的红棉；一种是多年生灌木状的树棉，又名木本棉花，广州早期种植的棉花就是这种，类似今海南一带种植的海岛棉，在《南州异物志》称“吉贝木”，《南越志》称“婆罗木”。当时，广州一带采此棉絮就纺，所织的布称为白氎（音同“叠”），意思是细毛布或细棉布，唐代韩愈说的“白氎家家织”就是这个。

一种是草棉。草棉在广州也有种植，广州宋元以后种植的棉花，多指草棉，而木棉就成为草棉的代名词。在南北朝时，原产印度的一年生亚洲棉，经东南亚，传入海南，再传入大陆。

听起来，木棉袈裟或许应该精准地被考据，究竟是亚洲棉袈裟、海岛棉袈裟，还是红棉袈裟？

而另一篇名为《关于我国古代棉与木棉名实问题的探讨》的论文则说，从植物学分类来看，棉与木棉在形态上是有区别，根据文献记载的描述和实物分析，可以确定中国古代新疆种植的是草棉（白氎），南方种植的既有亚洲棉（古贝、古终、木绵、吉贝、木棉），亦有木棉科木棉。在清朝引进陆地棉以前，我国广泛栽培的是亚洲棉和部分草棉，古文献中所称“木棉”，实指亚洲棉。

说实话我看了很久。在推论著名禅宗信物木棉袈裟很可能应该准确地叫作亚洲棉袈裟之后，又被白氎放倒，那玩意究竟是草棉还是木本棉花？

红棉树的棉纤维能织布吗？徐光启在《农政全书》中讲：“攀枝花中作裀褥，虽柔滑而不韧，绝不能牵引，岂堪作布？”

然而……论文里较真地论证说，能。

说是中山大学历史系保存有解放初期从黎族收集到的木棉织品，赵文榜先生对抽取出来的一段纬纱和构成该纱的纤维进行了测试和X射线衍射分析，确认该纤维取自海南岛的木棉科木棉。

并且，在古代手工机械出现之前，还有更简单、更原始的纺纱方法，如徒手搓捻和纺坠纺纱，这些方法对纤维性状的要求就较低，不能排除木棉纤维能够纺纱的可能。

唐代诗人李琮说“衣裁木上棉”。

听起来很美，可一旦较真起来，裁你个大头鬼……

在下发誓再也不看任何木棉诗句，否则会看出一脑袋各种棉花。

在树木花草上，倒真是文科生负责抒情，理科生负责抬杠。

集齐五花

集齐五花，肯定打不成同花顺，扑克牌里只有四种花，方片、梅花、红心和黑桃。

小时候有一阵子，我上学时包里会揣着副迷你扑克，那副扑克是正常尺寸的一半大小，大小鬼分别是只彩色和黑白色兔子，上海产，大概是爸妈的战友来广州出差送的小玩意。

一下课我就掏出扑克纠集小同学玩两把。想来真是远古蛮荒时代的好日子，老师没告状，家长不紧张，小学生们下课回到家时，基本上已经在街巷和路上疯玩过一两场，脏得像泥猴。

粤地过完端午，已经是暑天，接踵而至的六七八月，属于红焖加烧烤的天气。

各家外婆奶奶们此前收集晾晒的成果开始派上用场。三月份时，金银花被摘下来晾晒，四月份时是木棉花，五月份时她们收集鸡蛋花，黄菊和白菊一般去中药铺买，槐花是哪里来的没搞清楚。

印象里国槐是北方的树，开花时可用槐米、槐花做包子和饼，温带树种，喜欢光，喜干冷气候。可是它们在高温高湿的华南也能长。这不算是重点，粤地吃食一向行“拿来主义”加混搭，商埠城市货如轮转，煮个杏仁糊都南北杏皆用，只是北杏用得少些，但取其香。

总而言之，那些收集来的花刚开始时看着还有个花的样子，晾到后来那叫难看的一堆或者一撮。它们被分别收集储存多日之后，终于齐聚一锅，被煮成了粤版南派的五花茶，清热祛湿，清肝明目什么的。

小娃们被哄骗喝五花茶的时候，一般在午睡起来后。也不是人人都能喝，底子弱的不能喝。

那时候的小孩经常顶着大太阳在街上疯跑，班里还有一两个时不时长疖子的男娃，那种就必须喝。

五花茶不苦，算是凉茶里面最轻量级的，可那也要有点火力的人才能消受。

时至今日，大人小孩都极少在暑天户外待着，五花茶能派上用场的机会不多。

它们更多的时候，是幻化成从前那些别家阿婆阿嬷的背影，和酷暑天。

闲时过来吃槟榔

槟榔树开花……棕榈科槟榔属植物，再怎么开花看起来也像是一堆麦穗谷穗缩小版。原产于马来西亚，可是来得早。

广州的西汉南越王博物馆有记载说，汉武帝兵征南越，以槟榔解军中瘴疠，功成后建扶荔宫于西安，广种南木，槟榔入列。

并不是只有海岛上才有槟榔，虽然台湾宝岛上的槟榔西施是道风景，那是后来的事了，早年槟榔是高端零食。

南唐后主李煜有句“烂嚼红茸，笑向檀郎唾”，说的是他家大周后吃槟榔。

嚼槟榔这事到现在看起来都比较奇特，像嚼了一口血，要吐出来，还坏牙。常年嚼太多的，一口黑牙。

据说北京故宫博物院里，有两个波斯手工和田玉罐，乾隆用来装槟榔的；嘉庆在折子上御批："朕常服食槟榔，汝可随时具进"，"惟槟榔一项，朕时常服用，每次随贡呈进，毋误"。两折今存中国第一历史档案馆——这我没去考证。

海南岛有种槟榔，采收期可以从八月至翌年四月。

从前岭南都种得不少，因为是必需品。

清初才子彭孙遹，人称"吹气如兰彭十郎"，在《岭南竹枝词》里描摹过岭南的浓情蜜意和爽利娇俏："木棉花上鹧鸪啼，木棉花下牵郎衣。欲行未行不忍别，落红没尽郎马蹄。""妾家溪口小回塘，茅屋藤扉蛎粉墙。记取榕荫最深处，闲时来过吃槟榔。"

另一本百科全书式的清代陈坤《岭南杂事诗钞笺证》记载："琼俗，亲朋来往非槟榔不为礼。凡婚姻，媒妁通问之初，送槟榔盒至女家，非许亲不开盒。但于盒中手拈一枚，即为定礼。故女子受聘谓之吃槟榔。"

以槟榔作为"礼果"，作彼此交际及婚姻之用，不仅是琼俗，也是粤俗。

屈大均《广东新语·木语》（卷二五）“槟榔”条：“粤人最重槟榔，以为礼果，款客必先擎进，聘妇者施金染绛以充筐实。女子既受槟榔，则终身弗贰。而琼俗嫁娶，尤以槟榔之多寡为辞。有斗者，甲献槟榔则乙怒立解。”

有考据说，清代广东所属海南、广州地区、潮州地区、客家地区，都通行以槟榔为婚礼必备之物。

而且这风俗源于古代越人之俗，早在唐宋时期的岭南已然存在。

举的例子有点不中听，是《太平御览》（卷九七一）引《九真蛮獠俗》：“九真獠欲婚，先以槟榔子一函诣女，女食即婚。”另一则记载是《太平寰宇记·岭南道十四》（卷一七〇）记交州之俗：“索妇之人，未婚先进槟榔一盘，女食尽则成亲。”

所以彭十郎《岭南竹枝词》里的吃槟榔邀约，还有可能是韦庄《思帝乡·春日游》的岭南版本：“春日游，杏花吹满头。陌上谁家年少，足风流。妾拟将身嫁与，一生休。纵被无情弃，不能羞。”

到了岭南，是约你“闲时过来吃槟榔”。

当然，现在早不这样了。

夜合花开夜夜开

三年里种过四棵夜合。第一棵特地找最阴凉处种，种在一棵含笑旁边。

有天夜里香气弥漫，我还说这含笑怎么香味浓度变高了，像是要过来抱人。后来一想不对，便凑过去细看那棵被忘记了的夜合，半开了两朵，之后每隔三两天开个一两朵。那年夏天又热又旱、蚊虫凶猛，当我想起来要浇水时，已经救不回来了。

再买苗种时，三棵活了两棵，可一直长得垂头丧气，远不如含笑活得好。

夜合在岭南是原产，也叫夜香木兰，木兰科木兰属；含笑在岭南也是原产，木兰科含笑属。

含笑开花时，不会猛地大开，指头大的花苞，微微咧嘴半开，所以叫含笑而不叫大笑吧。闻着似香蕉苹果摞一处，官方形容是“香若幽兰”，我就一直没闹明白这幽兰是个什么香。

夜合开花的香大概浓个三五倍，约莫是苹果香里添些栀子香，但不至于是桂花那种成规模的香，也许是只种了一棵的缘故。

花比木兰花小一半，晚上开，没有大开的，顶多开一半，天亮就收摊。

既然叫夜合，按说这花应该晚上合起来，岭南画派著名大师居巢写诗同问：“夜合夜正开，征名殊不肖。花前试相问，叶底谁含笑。”

写夜合写得最好看的是明末清初的《广东新语》：“夜合，木本。叶如栗，花如茗茶，色白。其开以夜，开而其半若合，一似开于晓而合于夜，故曰‘夜合’。山歌云：‘待郎待到夜合开，夜合花开郎不来，只道夜合花开夜夜合，那知夜合花开夜夜开。’夜合四时有花，而当暑尤盛。与含笑类，大含笑则大半开，小含笑则小半开，半开多于晓，一名‘朝合’。小含笑白色，开时蓓蕾微展，若菡萏之未敷，香尤酷烈。古诗云：‘大笑何如小笑香，紫花那似白花妆。’又有紫含笑，初开亦香，是子瞻所称‘娟娟泣露，暗麝著人者。’罗浮夜合、含笑，其大至合抱，开时一谷皆香。”

苏轼，字子瞻，有诗写紫含笑：“涓涓泣露紫含笑，焰焰烧空红佛桑。”

“暗麝著人”原本是说簪茉莉。宋代陈善《扪虱新话》言：“闽广市中，妇女喜簪茉莉，东坡所谓暗麝著人者也。”《广群芳谱》载：“《东坡集》东坡谪儋耳，见黎女竞簪茉莉，含槟榔，戏书几间云：‘暗麝著人簪茉莉，红潮登颊醉槟榔。’”

事情说得一清二楚，兼山歌、古诗、名家隽语琳琅满目，临了让人眼馋那一谷皆香。

至于“香尤酷烈”，私下觉得应该是夜合更香，开两朵的效果能盖过一大蓬含笑。

绣球花和水绣球

立秋之后的岭南天气，犯不上为之高兴得太早。

那意味着更老辣的夏来了，顶着个秋天的名头，由蒸笼模式转为煎焗模式。果然是一场场台风酝酿过路之间，先起个热锅煎一阵，继而溅水扣盖焗，油烟四起，抽油烟机开到最大档，声响效果和台风也一致。

在别处植物控们为植物安然度夏而松一口气的时节，本人面无表情地看着放在树荫下的几盆绣球一会热得打蔫儿，一会"瓢泼"，继而"歇菜"。

岭南可以种绣球，就是费劲。至于为啥要种，理由两条，一是特别好看；二是名字就叫八仙或者紫阳，也很仙风道骨。绣球耐阴怕热，江南、西南地区种都能长得挺好，粤地则因为有段时日既潮且热，兼昼夜没啥温差，这关难过。

近年绣球的花式多，欧洲的、日本的，卖苗的也有粤地卖家，按说本土的，适应性应该会好一些。也的确是，那些苗来我家也好端端活了大半年，就是此地夏秋之际户外蚊虫凶猛，台风前后稍怠慢一两趟没给它们挪地方，它们就死给你看。

好歹也有活下来的，就是“无尽夏”，种在地里，也年年开花，但无论如何不似江南人家屋外墙角的那一片茂盛。

到了后来，不管什么样的奇葩花卉，我一看培育出处是欧洲园艺公司，都只能悻悻作罢，它们在岭南基本上熬不到第二次开花的时候。

事情也不是完全绝对——如果搭个棚不断关注调整，如果严格按操作流程给肥、施药……对啊，咱们还可以有空调降温降湿风扇通风呢，要不要再配齐全了……

费劲成这样，就开成个仙境也把自己给累哭了，再看看人家其他地区，种在户外就长得生机勃勃，开得姹紫嫣红，会顿悟什么叫作强求吧，还是强抢民间闺秀那种。

类似的花，岭南本土也有，有人叫它水绣球，因为它通常在赛龙舟前就开始开花，所以还叫龙船花，好点的名字还有英丹和仙丹花。一开花能陆续开到十二月份去。

这花脾性完全和绣球反着来，越晒越不怕，热不怕、潮不怕，只有太冷不行。粤地小区里种着大片的这花，蓬勃得经拉又经拽，经打又经踹，载歌载舞的样子。

本来两种花就不挨着，龙船花是茜草科龙船花属植物，绣球花则是虎耳草科绣球属，只是开起来有些像，颜色不像。

绣球花的颜色粉嫩都市些，还带点浅灰调；龙船花则特别缺心眼地一开全是饱和色。我一做绿化专业的同学表示她特烦龙船花，种绣球和种龙船花的效果，相当于清雅小筑秒变农家乐。

看着她半晌，我讷讷地说："按你的意思，我这还得搬到江南或者西南去？"

春秋忽地笑

有些花，原本似乎平平无奇，但被标签化之后，就有了些特殊意义。虽然名头越来越响，但大伙就是不爱种了。

比如早在唐代段成式的《酉阳杂俎》卷十九就说过某种花的坏话："金灯，一曰九形，花叶不相见，俗恶人家种之，一名无义草。合离，根如芋魁，有游子十二环之，相须而生，而实不连，以气相属，一名独摇，一名离母，言若士人所食者，合呼为赤箭。"

这花是现在大名鼎鼎的彼岸花，在中国被叫作金灯花、赤箭或者无义草。看来从前种的人家不少，但慢慢地说它坏话的人多了，种花本是为了好看，谁没事种一排花让人指着说俗恶人家，而且只因这植物花和叶永不相见，就被评为无情无义。

况且实际上花叶不相见的植物多了去，可就这花被抓了个负面典型。

再后来故事就多了，说黄泉路上只有这花，血红一片，由众生忘却和抛下的前尘往事记忆而成。也有说这花的香气可以唤起生前记忆，这香气……如果说拍个蒜的味道是香气的话，那么蒜泥白肉这菜，很可以让人勘破生死。

如果坚定不移地认为彼岸花就是红色的，那它还叫作曼珠沙华，学名是红花石蒜。一模一样长成白色的，叫曼珠陀华，学名是白花石蒜或者乳白石蒜，别名龙爪花。这二位同属同种，石蒜属石蒜种。

其实我听过一个说法，传心理学大佬荣格说这花长得像数学公式，象征着精神秩序之美，这事的出处我没去考据，若属实，荣格大佬是对数学公式有着多大的心理阴影……

还有说春分前后开花的叫“春彼岸”，秋分前后的叫“秋彼岸”，是上坟的日子。而曼珠沙华开在彼岸期间，非常准时，所以又叫彼岸花。这段日子里开花的植物多了去，这明摆着是让人盯上了借题发挥啊，况且以岭南的气候，花期都是错乱的。这花耐寒不耐热，极限温度是24℃，非要种的话，要等过了寒露节气，夏天不被热死也得被热休眠了。

它们还有个同属不同种的亲戚，也长得差不多，因为低调一些，加上颜色的缘故，大而化之也被叫成彼岸花，但真名很魅惑，叫作“忽地笑”。黄色的，石蒜属忽地笑种。正儿八经的学名就叫忽地笑，别名铁色箭、黄花石蒜。

这名字，大概也有点渊源，意思是忽然就开花了，而且未必是你种的那些范围，忽然就冒出来一蓬。不受欢迎的，会被称为“恶客”，不介意的，就叫忽地笑。

那也得看是什么时候笑。

顾随在《杂潭诗境》里有一段：

> 恐怖是一种诗情。人对没经验过的事，多怀有又怕又爱的心理，故能有诗情。但此种诗情在中国诗歌中缺少发展。大诗人不写此。唐人《博异志》载诗一首：“耶娘送我青枫根，不记青枫几回落。当日手刺

衣上花，今日为灰不堪看。”此为鬼诗，唐人笔记多写此，但这首诗并不恐怖。纪晓岚《阅微草堂笔记》亦载有诗句，云：“夜深翁仲语，月黑鬼车来。”（《如是我闻》三）此亦为鬼诗，恐怖，使人受不了，但还不恶劣。又如黄仲则《点绛唇》：“鬼灯一线，露出桃花面”，或谓为凄绝。什么凄绝？简直是恶劣。

是挺恶劣，不带这么吓人的。桃花面和忽地笑，不能在黑灯瞎火的时候来。

沉 香

这玩意给我的印象，一直在现实和传说里往返自如，疑幻疑真。

有时候是说一种植物，大概是乔木；有时候是说一种含着树脂的树心，同时又是药材；有时候说的是这种树结出来的香脂，那是珍宝，连沉香木屑都是放在燃香炉里点的。

有时候这是个人名，著名的二郎神他外甥就叫沉香。其中一个版本的神仙绯闻录里，太白金星不厚道，非多嘴说二郎神的妹子三圣母和人界小生有三天姻缘。男女主角胡天胡地之后，小生就送了块祖传沉香给三圣母，并跟她约定说，将来咱们这娃就叫“沉香”吧。

二郎神知道这事之后，没找凡人浑小子算账，却是大怒把自己嫡亲妹子压在华山下面，才有后来的沉香救母。天界和人界的基因组合还是比较厉害，天人混血儿沉香长大后，可以舞着把萱花斧和他舅过几招，劈华山。据不靠谱的神仙琐事报道，二郎神自己也玩过劈桃山救母，怎么这事摊到他妹子头上，他就成黑恶势力了，这有点怪。

怪就怪吧，神界的事情比较诡异，其他国度的天神也经常跑到人界，希腊神界老大下基层拐带妇女才别扭，一会变个人，一会变成牛，让本人从小一直困惑至今。

说回人界的沉香故事。和檀木不同，用沉香木做的大件家具更稀罕——那本来是做香料的，多数是朽木细干，最了不起也就是雕个笔筒之类的玩意，少有大材。

大凡东西太珍贵稀罕，结局里经常就会被莫名其妙地狠狠毁掉。清代故事会《觚剩》里，有张沉香木大床毁于一位不知名窑姐儿的坏记性和嫖客项某的拧巴脾性。

话说有一天，嫖客要走啦，窑姐眼泪汪汪地告别。项某当时就感动晕了，爱情啊这是。再来的时候，满满装了一航空母舰的礼物，成堆顶级大牌的定制晚装不在话下，最值钱的就是沉水香卧床。结果……那妞儿居然完全不记得他，根本就没认出来。

于是，项某憋着气也憋着坏，大排筵席高调开了个礼品展示发布会，莺莺燕燕围观到垂涎三尺、高潮迭起之际——翻脸，热烈悲愤投诉那位晕菜妞儿，巴黎时装统统撕烂，沉香大床砸碎了烧掉："烟焰袅空，遍城闻异香，经四五日不散，因名此街为沉香街。"

好吧，她这回大概记住他了，又怎样。真能糟蹋东西。

地 盘

刚开电脑文档，楼下的人就开始捣鼓音响，放出《布兰诗歌》，光芒万丈地闹腾。

有一回快递小哥来送货，说，这什么？黑胶？我也玩喔。

岭南男性不分长幼，从前是玩盆景沤青苔，如今再加上玩黑胶唱片。

迄今全球最大的黑胶唱片藏家，就在广东阳江，活的。

感觉倘若黄飞鸿活到今天，肯定也是储了一屋子的黑胶，把一张封面清一色红上衣人物的《施特劳斯圆舞曲精选》称为“红衫仔”，把一张牛仔驯马封面的《Round-Up》叫作“万宝路”。那是粤地音响黑胶发烧友们说唱片的行话。

家里有人听这个，除非是专门隔了音响室，否则那个霸道，所有空间充斥声浪，风雷激荡。

瞬间置身大开大合到足以壮阳的大合唱背景中，正待发飙，转头发现一条浩荡蚁路，通向书柜的其中一格。

对于蚂蚁的身量来说，这条蚁路相当于人族的八车道高速公路。

去拿了蚂蚁药撒在它们的路线上。

可是它们似乎兴趣不在觅食，有别的事情要忙。

再凑过去仔细看，蚁路并不通向阳台。

这什么意思？很简单的意思，它们已经在书柜的书里某处做窝了。

解决的办法？马上把这格的书全部搬出阳台，企图让蚂蚁散去别处另觅乐土。

才扔了几本书到阳台，蚁窝赫然出现，白的书柜里黑的蚂蚁之密集，令人徒劳地想，有没有什么咒语魔法让它们赶紧离开。蚂蚁开始四散，像泼洒了的大盆芝麻。

它们四散的后果，铁定是在书柜的其他格子重建家园，正在思忖天道好生的本人冲出去用水湿了块抹布，全然忘了自己的假慈悲，徒手开始了大规模的围追堵截和“杀戮”。

这种蚂蚁黑乎乎的，行动迅速敏捷，但很容易被拍扁，不像有些品种身量轻，能躲过不太精确的碾压；攻击性也不强——万幸不是红火蚁，那能咬出人命，需要通知专业人士过来，如临大敌。

如此精巧的活物，以现有科技还做不出来。这一窝若是人工产品，那就玄幻了。

如果是个对分类学感兴趣的人，大概能准确叫出这窝蚂蚁的命名；换个有经验的山民，会判断它们是否能泡酒。

而从小生活在城里的人站在此地，想了半天，能做的事情就是克服着恐惧，头皮发麻地把它们做掉。

在被扔到阳台的狼藉里，这窝蚂蚁的筑巢口味，是选了个十二城市绘画套书的木匣子做总部，在《老子语录》书法作品的布面匣子里做育婴房，另一个大规模产卵处是《立春》那本书的封套和封面之间。

如果它们是在《护生画集》里装修入住，那好像就比较难办了些。

或者弄个塑料袋把它们全部囫囵着移民？似乎也没什么操作性和可能性，以当时炸了窝，满柜子四散无序乱爬的状态，基本上就是蚁族遭灭顶的灾难现场。

能够防患于未然的办法是布下结界：在可能进屋的外围门脚窗边撒下药饵。杀戮没那么直接，可仍然是比较坏心眼的下毒行为，据说吃了也是一窝灭。

我们和其他植物动物一旦抢起地盘来，貌似也没什么其他办法，现存的都是扑杀，团灭，最快，成本最低。

再蛮一点的时期，人族之间互相抢地盘也这样。

以前看过本台湾作家写的书，说遇到个有异能的人会念咒，让一片菜地里的毛虫集体离开。

看着蚁族灾难现场，心说那条咒语如果真的存在，应该得诺贝尔和平奖。

阳台上遭灾的蚁族余部互相碰头交换信息，总归是要重建家园。

之前的如意算盘，是生而为人，从小长在城里，来此一遭，到此一游，总该预算出点时间和这个世界好好相处一阵，比如重新好奇和关注土壤的神奇，植物和天气之间的默契，其他比邻生物的努力和忙碌程度。想得倒是挺美。

不少城里长大的人，看到蟑螂、老鼠会尖叫，那确实是大事，自家净土闯入恶客，如不采取雷霆手段，任它们安居乐业，乃至家族鼎盛，后果会很不愉快。

一俟公寓换成村屋，尖叫成花腔女高音，响彻整个山头都不管用。

都市和公寓，堪称人族在自然界辟出的洞天福地，攘除杂草，尽可能驱除蛇虫鼠蚁，筛选留下鸟语花香，大部分人不必直接每日目睹各色物种的生存和杀戮。

无论昼夜，厨房窗台上一直上演着生死大战。晚上下雨时，有只半大林蛙踞在那里一口一只白蚁。白天，鸟群追杀一只巨型飞蛾，猛啄半开窗户的玻璃，扑翼声和打群架似的吱喳声，还以为它们集体发神经，准备重演希区柯克的《群鸟》。

防蚊网上冷不防会趴了只蛙，长得酷似片枯叶。大概觉得凹槽处待着不错，小眼神还挺犀利。稍有动静，嗖地蹦走，同时还滋出泡尿，疾如水箭，除御敌之外还有反向助推加速作用。

扔在门外的鞋每回穿之前都要使劲磕，怕的是蜈蚣、蝎子什么的躲在里面，一脚进去，大为不妙。

一回出门急，一掌推开防蚊网，掉下来个什么正中脑袋顶上，扒拉下来一看，是只壁虎，正在地上急忙爬走。瘆了好一阵，怕它尾巴还留在我脑袋上。

种种如此这般，还是关于地盘的冲突。

那群蚂蚁竟然还有消息，次日早上，劫后余生的它们，被发现在阳台角落的一堆落叶底下又做了个窝。这真是……

楼下唱机里《布兰诗歌》人类大合唱响起时，人迹所至之处，抢地盘的事情必定发生。只不过当时人和蚁都尚未知道那是送命的号角。

未免高歌猛进、理直气壮了些。

如果唱机里放的是科恩，大概这次抢地盘事件，会变得像是一场在浓雾里就被说破的早有图谋，雾散尽时，仍是既无可奈何又躲不过去。

村 屋

村屋的好处和坏处，都因为屋外连着片地。

有地就有活要干。会长草，都是野草，总归不会是你想要的；会有蛇虫鼠蚁，过路的、做窝的，也不会是你欢迎的。

纯粹保持小公寓的整洁则简单得多，擦干抹净，物归原位。偶尔紧急狙击白蚁和小蠊。

以前路过有小院子的人家，常觉得既然有院子，为什么不打理得精细些。后来才知道，那需要耗上的时间精力惊人，精致到位的，基本上是专营世外桃源的风雅场所，投入人力物力，日日维护修葺。

所以相比于公寓，村屋的最大特点是不精致，也没法太精致。这个结论也许不对，因为那是我在花了两小时还掘不出一根野生金刚藤的根茎，彻底认怂放弃之后得出来的。

这小区十年前卖完，毛坯。可以买二手，貌似也不抢手。窝在山里，一直没怎么涨价，也没什么人知道。小区里的房子带院子，市中心一套小公寓，可以换这里的一套双拼，如是市内稍大些的公寓，换独栋还有余。

最主要的，是便宜。

长住的人家，二三十家左右。

而已经住进来的邻居们，还是很勤勉的。

邻居甲似乎是做配件生意，资深园艺爱好者，院里迅速摆成了盆景展览，很快扩展到了他家二三楼的阳台。时不时去老甲家门前围观奇花异草，是赏心悦目的事情。老甲家门前有一巨缸，荷花养得肥壮。有一阵他家刨掉一片草地，弄了个“枯山水”。

再往后，老甲门前就开始了刨山辟地的工程。一次老甲和邻居寒暄，由衷地大力拍着邻居的肩膀说，街外十倍价钱也就是这货色啊，这里真好，又便宜又好。欣慰的老甲站在山边，整个人都在发光。

邻居乙是部队散打总教头，他家院子所有区域都横平竖直，他搬来早，养鸡养鸭养狗种菜，实在是高兴，他媳妇就又怀孕了，本来大娃已经念到高中，这二娃一来，从幼儿园开始，一二三四再来一次。

于是两口子回城养娃去。

总教头偶尔会回来，回来就修整树木，旁枝一律砍掉，他家的树木都被他修得像在立正。

邻居丙伉俪，太太是美人，家里养的鸡鸭鹅全舍不得杀，结果全体变成宠物。

他们家鸡飞到阳台栏杆上站着睡觉，捡来的小狗爱找什么样的男朋友都行，生了一窝又一窝，长得都像外星来的。

大部分的房子空置着，院子里草长得人一般高，邻居或保安偶尔会在那里种一棚瓜或豆，或者几排葱。

大概房主人们要等退休才来住。

比起兴致勃勃的青春，同样也终将逝去的中年和老年更加无处安放，遂在此处预谋个去处，弄成了个“田园将芜胡不归”的景象。

听人在窃窃私语中指着那些空宅子说，这家正在城里带孙子呢，没空来住；那家听说被抓了，可能不来了。果真是世事常意外。

以前在闲书里看到一句，“研究冷门的学问，追求迟暮的美人，结识落魄的英雄”。当时觉得这话有点意思，可还是有些作，是北方的味道。“作”字在此并无褒贬，那意味着仍有自己的标准和不妥协。

这是种预先给自己设好了退出机制的人生吧，从千军万马奋力登顶的队伍里退出来。

做人不一定非此即彼。拼不过，不愿拼，拼不动，总之，往旁边站站，全身而退，不必非坚持到力竭时。

从今往后，就低处坐向宽处行，往人少的地方去。

还是有坚持的，姿态要好看：冷门的学问仍是学问，迟暮美人、落魄英雄是个相对容易亲近的从前高处，鲜花着锦，烈火烹油过后的灰烬有余温。静默下来的曾经繁华处，褪尽火气，是好去处。

到了南方，常见的还有种不管不顾的彻底放弃或者不参与，具体说来，大概就是随便喝两口陈茶，胡乱娶个老婆，住个烂尾楼。

没打就认输，也不管姿态。若有咸鱼翻生日，那是惊喜；若无也罢，完全是就地一躺的惫懒劲头。是从来就不打算“上市”的人生。

也可以是城边觅个去处，山窝里住个村屋，村口站两个东歪西倒的保安。和业主们不同，保安小哥们大多岁数小，这里是他们的暂时落脚处，焉知他们以后有什么奇遇。此地山水，现在出名的是桃花水母，从前出名的是太平天国洪秀全。

说起勇猛精进的人生，想起的金句是“生当作人杰，死亦为鬼雄”。

另一种随时开溜的人生，是“采菊东篱下，悠然见南山”。

选择什么样的人生，说到底是和欲望的强烈程度相关，对于更渴望的那个人会一往无前，而没那么渴望的会知难而退。

随时可以落跑的人生，如果一跑之下到处悠然，那真是想想就爽。怕的是跑了半截又想回来，那叫作何必呢？

也行吧，没什么大不了的。

菊种东篱，弯下腰去剪几朵，肯定要向右一扭头，才看得见南山。

还顺便想起句歌词，唱的是“左手一指太行山，右手一指是吕梁”。东面太行山，西面吕梁山，词作者得是面朝南，指点完两座山之后，就是个十字架或者大字造型。

这么无聊的人，确该住到村屋里，好好劳动，恶补生活常识，而不是瞎琢磨些有的没的。

而大实话，是人生过半，每次去医院，或探友或修理自己，出来都像平白中了几百万。大部分时候，肯延后做自己真正感兴趣的事情，是基于我们都会活到耄耋的假设。小概率事件一旦发生，摊到个人头上，那就是百分之百。

然则最好的事情，莫过于我们被雷劈了之后如果还能爬起来，仍然会继续乐观地假设下去：太阳肯定会照样升起，活着才能驻留在这爱恨、欲望、美景交缠的生生不息之地。

天色瓦蓝，阳光猛烈，风飒爽。在村屋小区的园丁阿姨眼里，新搬来的这家人，除草、施肥、杀虫等常识一点也无，垦荒、刨地、栽种全然不能自理。这日子，要走着瞧。

参考书目

1 〔晋〕嵇含：《南方草木状》，广州：广东科技出版社，2009年。

2 〔宋〕周去非著，杨武泉校注：《岭外代答校注》，北京：中华书局，2012年。

3 〔清〕范瑞昂撰，汤志岳校注：《粤中见闻》，广州：广东高等教育出版社，1988年。

4 〔清〕梁修撰，梁中民、廖国楣笺注：《花埭百花诗笺注》，广州：广东高等教育出版社，1989年。

5 〔清〕仇巨川纂，陈宪猷校注：《羊城古钞》，广州：广东人民出版社，1993年。

6 〔清〕屈大均：《广东新语》，北京：中华书局，1997年。

7 〔清〕吴其濬著，张瑞贤等校注：《植物名实图考校释》，北京：中医古籍出版社，2008年。

8 〔清〕陈坤：《岭南杂事诗钞笺证》，广州：广东人民出版社，2014年。

9 〔清〕关涵等著；黄国声点校：《岭南随笔（外五种）》，广州：广东人民出版社，2015年。

10 中国科学院华南植物研究所编：《广州植物志》，北京：科学出版社，1956年。

11 陈永正：《岭南历代诗选》，广州：广东人民出版社，1993年。

12 中国农业百科全书编辑部：《中国农业百科全书·农业历史卷》，北京：农业出版社，1995年。

13 钟山等编：《广东竹枝词》，广州：广东高等教育出版社，2010年。

14 鲁迅、杨伟群等点校：《历代岭南笔记八种》，广州：广东人民出版社，2011年。

15 仇江选注：《岭南历代文选》，广州：广东人民出版社，2011年。

16 刘自珠、张华主编：《广州蔬菜品种志》，广州：广东科技出版社，2016年。

17 严婧等主编：《中国外来入侵植物彩色图鉴》，上海：上海科学技术出版社，2016年。